JN136393

類型的なものは好きじゃないんですよ

高峰秀子

河出書房新社

類型的なものは好きじゃないんですよ ◉ 目次

わたしのお気に入り

エプロン　7
お宅にもあるもの　10
手みやげ　12
薬味入れ　14
虫歯　16
模様替え　18
おまけつき　20
小壺　22
たばこセット　24
苦しまぎれ　26
カットグラス　28
船灯　30
ピル・ボックス　32
サラダボール　35
フリージア　37

チューリップ　39
アンスリウム　41
秋草　43

わたしの女優業

私にはもう顔がない。　46
豆スターは幸福だろうか？　48
秘伝を語る　妻の座と名演技と　59
映画女優四十年　67
典子ちゃんの天性と勇気に感動しました　86

わたし（とダンナ）の暮し

なつかしいテリヤ　93
巴里で買った私のブラウス　94
わたしの暮し　100
ミンクのコート　105
谷崎松子様へ　108

村上華岳の仏画　110
紬（つむぎ）の訪問着　私の選んだ一枚　112
住まいは展覧会会場にあらず　115
ごきげん亭主　125
高峰秀子の酒の肴　自慢の初冬向きメニュー十三品　128
増田れい子さんへ　133
使いみち自由の商品券　134
あたしの男性観　136
嘘ではなかったコスモ　149
五十九歳・結婚二十九年の夫婦円満、料理の秘訣　151
〝死への準備〟は済みました！　160
私宝「ナポレオン」三種（点）（松山善三原稿）　168
微動だにしない人　――亡き母・高峰秀子に捧ぐ　斎藤明美　177

装幀――友成　修（データ作成・枠元治美）

類型的なものは好きじゃないんですよ

エプロン

〝かっぽう着〟と書くと、なんだかお母さんを思い出すようななつかしさを感じます。かっぽう着はご存じのように、和服の上につけて袖がすっぽり包まれる、昔ながらのエプロンですが、最近の日本ではあまり売れゆきがよくないのだそうです。日本では、というと変に聞こえますが、日本では見捨てられたこのかっぽう着がアメリカあたりでは大人気で飛ぶように売れているのだそうです。女中さんの少ない外国では、主婦が外出の支度をしてからかっぽう着をつけて残った家事をするのに絶対なのだそうです。また、家庭でパーティを開いたときは、来客たちがあとかたづけを手伝って帰るのが普通になっているので、よそいきのドレスをすっかり包んでくれる日本のエプロンはこんなときにも引っぱりだこなのだそうです。いつか、私のアメリカ人の友だちが、クリスマスのプレゼント用として大量のかっぽう着を買い込むのを見て、「ヘエ！」と驚いたことがありました。

ことに〝新妻の魅力〟とは、そのういういしさにプラス、エプロンの魅力、大なるものがあるのではないでしょうか？　夫というものは、恋人時代よりも結婚後のほうがたしかに食欲旺盛になるようで、その食欲を満たすためにいそいそと立ち働く愛妻のエプロン姿を見るだけで、もはやふんわかとした幸福感にひたれるのではないでしょうか。

さて、新婚生活も三年ほどたつと、畳も古くなるけれど女房も中古となり、エプロンまでが色あせてしょぼくれるのは無理もないことです。月給は上がらないのに物価はむやみと上がるばかり、主婦のやりくりは並みたいていではありません。自分用の牛乳は番茶に代えても旦那さまには目玉焼きぐらいは食べさせて、朝のラッシュへのスタミナをつけさせたいのが女の情というものです。ああ、それなのに、旦那のやつはどうもこのごろ、なんのかんのとお酒のにおいなどさせて帰宅する日が多いのです。つらつら考えてみるに、どうも男というものは、すし屋の兄いや、おでんやのおかみさんの着ている、のりのきいたパリッとした上っぱりやかっぽう着になにかしらの郷愁を感じるのではないかしら。とすればこっちも、旦那の目玉焼きは倹約させてもらって、しゃれた刺繡やスモッキングのしてあるエプロンを一枚奮発せざるをえないということになります。デパートのエプロン売り場は多種多様のエプロンがよりどりみどり、思わずへそくりをはたいてしまいたくなるのが女心というものです。それで夫が勤め先から飛んで帰って来るとは思えませんが、台所が〝女だけの場所〟でなくなりつつあることはたしかです。合理的なリビングキッチンは〝家族ぐるみのいこいの場〟です。エプロンをつけたまま来客の前に出るのは失礼といったのは一昔も前のことで、清潔な美しいエプロンは、リビングキッチンに立つ主婦のアクセサリーにもなって、かえってアットホームなくつろぎを来客に与えるかもしれません。来客用にはレースのついた優雅なエプロン、お洗濯には大幅のビニールのエプロン、お買い物にはチェックやプリントの花柄のエプロン、思っただけでも楽しくなります。主婦のセンスの見せどころとしてもお格好な支出で済みそうです。台所のベスト・ドレッサー。こんなブームの来るのも遠い日のこととは思えません。〝花よりだんご〟は案外〝おしゃれのセンス〟に通じる意味もありそうです。

（『ミセス』一九六五年十一月号）

撮影・大倉舜二

お宅にもあるもの

文字通り、身上ありったけのわが家の愛用品をお見せしたので、もはや品切れと相成りました。そこで、最後にとっときの一品物をご披露いたします。このものはデパート、その他の有名店にも売っていない。しかしわが家でいちばん手数のかかるしろものである。

男と女が結婚すると、男は亭主となり、女は女房というものになるのが世の常識となっているらしい。とすると、わが家には女房がふたりいるということになる。その理由を一言でいえば、私たちが共かせぎ夫婦だからで、夫婦ともども亭主ヅラしてふんぞり返っていては何かと不都合が起きるので、自然と亭主がひっ込んで女房がふたりになったらしい。女が女房になるのはやすいが、男が女房になるのはさぞたいへんだろうと同情しているうちに、はや、十余年が経過した。女房から言わせれば、亭主の第一条件は〝丈夫で長もちする〟ことだろう。昔カモシカのごとくであった亭主は現在はイノシシのごとく肉もつき油ものって、丸焼きにでもしたらうまそうに成長（?）した。このうえはなんとか長もちさせようと、目下研究中である。

一見美男風なれど、頭の形はデコボコで、そのうえかたい毛があっちこっちとかってな方向にはえているから散髪がむずかしい。床屋は十年来、私のお世話になっている。私が長いロケーション撮影にでも出かけると、おかっぱ風に毛がのびて、まるで老いたるビートルズのごとき風貌になる。夫婦の性格はまるきり反対だが、共通点は朝寝坊と食いしん坊で、ことにうまいものを食べているときは例外なく機嫌がいい。何事も好ききらいが激しく、みっともなくない程度のおしゃれだが、それも外ヅラだけで、家では着物を裏がえしに着て平チャラでいたり、一日じゅう顔を洗わないことはざらである。宝くじを買い込んで帰りにごみ箱へ捨てて来て、じだんだを踏んで口惜しがるという特技もある。

最近、とみに売れっこで、牛若丸のごとく、ここと思えばまたあちらで、席のあたたまるいとまもない。「遊んでやれないから、君、もうひとり女房もってもいいや」などと、気のきいたふうなことを言ってくれるが、このうえ女房がふえては生活が煩雑になって収拾がつかない。私は亭主のコレクションには趣味をもたないから、まず、お志だけをありがたく頂戴しておくことにしている。

(『ミセス』一九六六年十二月号)

手みやげ

日本には、人を訪問するときに手みやげを持参するという、昔からの習慣がある。たいていはくだものか菓子か花というのが、一般の常識になっているらしい。もっとも、わが家へ見える客人の中には、私たち夫婦が酒飲みなのを承知していて、高価なスコッチなどをぶら下げて現われ、散々お礼を言わせたあげく、自分ひとりでぐいぐいときこしめし、びんがカラッポになるまでは絶対に帰らない、などというすごいのもいる。

よく、雑誌のアンケートなどで、「贈り物をされるなら何がいちばんうれしいか？」という質問を受けるが、実に漠然とした質問で返事に困る。人間はかってな動物だから、その時によってほしいものが変わるので、家に花がないときは花がほしいし、甘いものが食べたいと思うときは甘いものをもらえばうれしい。だから逆に言えば、人に贈り物をすることはいかにむずかしいか、ということになる。

私は、手みやげにいきづまったときには、こんなものを持って行く。それは包装紙とリボンで、中身はない。「なんだ、こんなもの」と思われるかもしれないけれど、意外と重宝され役にたっているらしく、私の経験によれば好評である。ことに、年末年始にかけては、心のこもった贈り物に、上等な美しい装いをさせてあげたいのが人情でもある。紙とひもではあまりに殺風景と気がひけたら、手製で花飾りを作りギフトカードでも添えれば、なお喜ばれることまちがいなしである。

(『ミセス』一九六七年一月号)

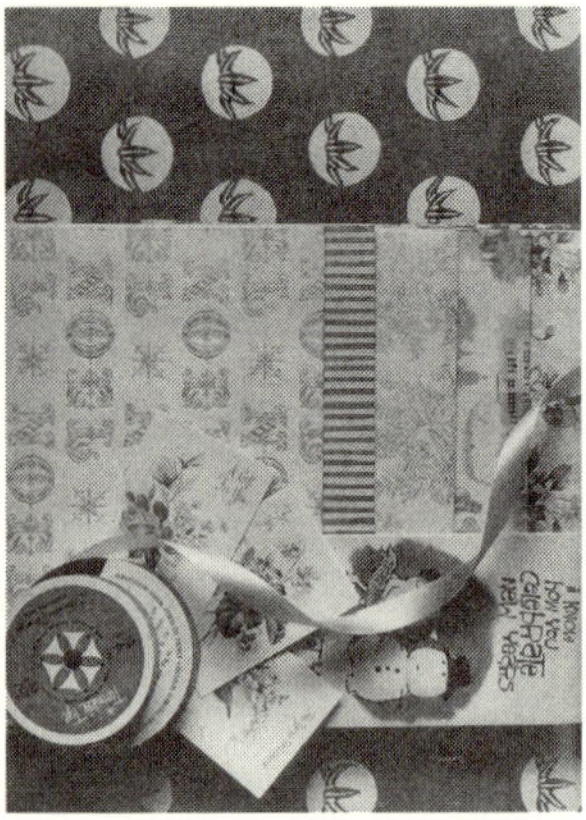

撮影・大倉舜二

薬味入れ

コロンブスの探索は、香辛料の供給が絶えたことに端を発したといいます。香辛料は、古い昔から〝金の次に〟世界各国がさがし求めていたもので、香辛料に対するその熱望たるや、歴史や地理のコースを変えもし、また国際関係をも促進させたといいます。

最近では、日本でも、食料品店に小さなびんにはいった何十種類という外国の香辛料が売られているのを見ますが、あれだけの数を使いこなす西洋料理の名人は、まだまだ家庭の主婦には少ないのではないでしょうか?

わが家でも、一年じゅう使うのはこしょうくらいで、ほかには、カレーやシチューを煮込むときにせいぜい月桂樹の葉をほうり込むだけで、香辛料といってもどうもピンとこないのが正直なところです。しかし、日本にも、日本のすぐれた香辛料というべき〝薬味〟というものがあって、常に私たちの食卓を楽しくさせてくれています。わが家では夫婦そろって生まれながらに舌が悪いのか、薬味気違いなのか知りませんが、とにかく薬味というものが好きで好きで、たとえば湯どうふをするのにも、さらしねぎとけずりぶしでは満足せず、さらにおろししょうがとみょうがのみじんを追加するというふうですから、薬味といっても並みの数ではとても足りません。したがって、二段、三段のお上品な薬味入れではとてもまにあわず、どうしても薬味のはいったたくさんの食器が食卓に氾濫することになってしまいます。それが、たった二、三日前のこと、私は、あるところでひょいと「これなら絶対！」という薬味入れを見つけて、ほくほくもので買って来たのです。得意でした。家へ帰って、まな板と包丁を出して、薬味を刻んで盛るときの楽しさといったらありませんでした。あさつき、大根ととうがらしのもみじおろし、パセリのみじん、おろししょうが、そしてにんにくのみじんにときがらしなど。これだけあれば、鳥の水たきでも焼き肉でも、薬味は充分まにあう勘定です。

さて、そのお得意の薬味入れの種明かしをしましょうか。色は純白の陶器。一つのくぎりの直径は約四センチ。買った場所は、なんと文房具店の絵の具売り場。実はこの薬味入れはほんとうは絵の具をとく梅皿でありました。お値段は二百五十円でありました。

（『ミセス』一九六七年五月号）

虫歯

私のお知合いには、お年寄りが多い。寄れば話題は入れ歯とガンに決まっている。入れ歯をいたわりながら、モゴモゴと食事をするお年寄りの中に交じって、「脳は弱いが歯だけは強いよ」などと言いながら、わざとひねたくわんやら堅焼きせんべいをバリバリとかみくだいていた私も、ああ、このたびばかりはまいりました。ついに、来るべきものが来たのである。思い出しても身の毛がよだつ、とはこのことである。

カチリ……と口の中でいやな音がした。ご飯の中に小石でもと思って舌の先で異物の正体をさぐり当てた私は、正直いって「この世の終わりだ」と心の中で叫んでいた。私がかんだのは私の虫歯の穴からころげ落ちた仁丹ほどの大きさの白金の詰め物であったのだ。

私は、世の中にそれほどこわいものはない。が、歯医者さんだけはこわい。子どものころ、母にだまされて歯医者へ連れていかれ、みそっ歯を全部ひっこ抜かれて口の中がベロベロになった当時の恐怖が子ども心にも肝に命じたらしく、歯医者と聞いただけで気がめいる。そのときのみそっ歯の大整理のおかげで、私の新しい歯は一気にびっしりとはえそろい、人にもほめられ、自分でもちょっといい気持ちだったが、そうかといって、歯医者が好きになったわけではない。その後、二十歳のころに一つ、二つ、虫歯に詰め物をしてもらったきり、おこがましくも、これで歯医者とは縁切りだ、と思い込んでいた私に、このたびの不幸である。いくら丈夫な詰め物でも寿命がくれば摩滅してころがり落ちることもあるだろうが、どうもさい先がよくない予感がする。が、いつまで青い顔をしてため息をついていてもしかたがないから、死んだつもりになって歯医者へいく決心をしたのである。

歯医者はやっぱりこわかった。ぎらぎら光る医療器具と、ややこしい形のいすを見ただけで、もはや失心状態になった私は観念のまなこを閉じて口をあけた。何十分かののち、私の手のひらは汗でびっしょりになり、あけっぱなしだった口のまわりに二本のしわができ、やっと私は放免されて治療台をおりた。そしてふらつく足を踏みしめながら、窓口に寄ってさいふをあけた私は、驚いた。あの命を震わすほどの恐怖の代金はなんと一万二千円也であった。こんな割りきれないことってあるだろうか。私はたとえ十万円もらっても、あの精神的苦痛をふたたび経験しようとは思わない。いえいえ、たとえそれが二十万であろうが三十万であろうが……、世の中には売りたくないものがあるということである。

（『ミセス』一九六七年九月号）

模様替え

冬が近い。

年をとるにしたがって「秋風の立つころはもの寂しい」と言うが、忙しさにとりまぎれている身には酷暑から解放された喜びのほうが大きいのは、幸いというものだろう。

秋の一日、ナフタリンの匂いのする冬の衣類に風を通しながら、ふと部屋の中を見回した。白壁もじゅうたんもそしてカーテンも、それこそ秋のわびしさを伝えて古びているのに気がついた。毎日の疲れをいやすいこいの場所の、十年の疲れを表わした表情が胸にきた。「そうだ、壁を塗り替えようかな、真っ白い壁に……それから日にやけてしみだらけのじゅうたんも思い切って取り替えようか、ついでにうすよごれたカーテンも……」私は虫干しをそっちのけにして腕組みをしながら、じゅうたんとカーテンの色を考え、そして勘定書の金高の胸算用をした。この二十畳の洋間で、私は毎朝を迎える。お化粧もし、原稿も書き、洋服の仮縫いも、おそい夜食も、勉強もして、そしてまたぐっすりとやすむ、いちばんたいせつな部屋である。たまの休日は一日じゅう階下へも降りず、この部屋に閉じこもって過ごすこともあるくらいなのだ。そうと決めたらすぐさま行動に移すヘキのある私は、まず、オーバーコートと毛皮のジャケットの新調をあきらめ、へそくりの高をたしかめ、最後にあまり気の進まない仕事を二つ引き受ける決心をした。これで、しめしめである。

二週間後、私のお城はすっかり模様を替えた。ベージのじゅうたんとグリーンのカーテン、純白の壁がそれを映してさえざえと美しく、目を丸くした主人が首を振り振り熊のように柔らかいじゅうたんの上を歩き回った。私は部屋の中に新鮮な空気が流れ込むのを感じて「へヘン」と鼻をうごめかした。

ただし、模様替えの請求書は私の思わくを上回って、ほとんど倍に近いものだった。ことしの私の買い物の中では超デラックスである。けれど私はけっして後悔はしない。これから先の十年を、このじゅうたんを踏み、グリーンのカーテンをながめて暮らすことを思うと、心が豊かにふくれあがるほど楽しかった。

「お金で買えるものならば、万金をつんでも若さを買いたい」と、お年寄りは言う。私も新しい部屋から若さをもらおう。そしてもりもりと働くのだ。まずはこの冬の寒さに立ち向かって。

（『ミセス』一九六七年十一月号）

おまけつき

このごろは、おまけつきの商品がむやみと多い。「ビールやお酒をお買い上げになれば、すてきなコップを景品に！」「このおしょうゆには、はい、おいしいおいしい調味料のおまけつき」というぐあいだ。銀行ではメモやマッチをパッパとくれるし、シャボンだ、ハンカチだ、と大騒ぎである。商品ばかりか、ラジオやテレビの視聴者参加番組でも、やたらと賞品やら景品やら記念品やらを気前よくくれてしまう。渡す側はいたって機械的に事を運ぶが、受け取る側が急に我にかえった表情でぎくしゃく、へどもどする様子は、見ているこっちまでなんだかてれくさくなってくる。

外国ではマッチ一個もただではくれないのに、私たち日本人は、昔から理由もないのに物をやったりとったりするのが好きな国民らしい。そういうことになれすぎているから、このごろのおまけブームにも不信をいだかないのかもしれない。

とにかく最近の限度を越えた〝くれっぷり〟のよさは、私のようなうたぐり深い人間にはなんとなくうさんくさくておもしろくない。第一、〝おまけ〟必ずしもただではないので、大企業の美辞麗句にのせられて、おまけもついでに買わされているにすぎないのではないだろうか？　また、おまけをつければ買うだろうというのは、よほど商品自体に自信がないのではないかしら？　自信があるならおまけでごまかす必要はないのだし、おまけ分だけ値段が安くなるほうが、買うほうはありがたいのだ。

「ただなら文句はないだろう」という精神は、親切なようだけど実は人をナメてるんじゃなかろうか？

私はこのごろ、〝おまけつき〟の商品は信用せず一応は疑ってみることにしている。消費者は王様だなどとおだてられて、たいして役にもたたぬおまけにつられて品物を買ったりしては、話の筋が通らない。王様はもっといばっているものだ。ただより高いものなんか買わないで毅然としていなくてはいけない。

人間にも、ときどきおまけのついている人がいるが、これもまず要注意と心得たほうがよろしいようである。

（『ミセス』一九六七年十二月号）

小壺

ものを買う、ということは妙なことで、ほしくないものには十円出すのもいやだけど、好きなものなら他人より高くお金を払っても自分のものにしたいと思う。「好き、きらい、とはいったいどういうことなのだろう」といくら考えてもわからないが、〝惚れる〟という感情は、あばたもえくぼのたとえもあるように、単にわがままや気まぐれでない、何かがあるのだろう。

よく、「虫が好く」というが、人間の中にはそれぞれ大なり小なりの虫がいるらしく、また、大きな虫ほど好ききらいが激しく、独占欲が旺盛なのではないかと思う。その虫を相手に商売をしているのが、古道具、古美術品を扱う〝骨董屋〟という人間で、彼らは、特異なカンを働かせては、それぞれの虫に好かれそうな〝この世の珍品〟を次から次へと手品師のように虫の目の前にひけらかして見せる、という特技を持っている。地位も、金も、暇もできた、いい年をしたおやじほど、骨董いじりにのめり込み、壺やら杯の肌をなでさすって随喜の涙にくれているのは、「愛は執着である」という、金持ちじじいの弱点を利用されているにほかならない。

「道具なんてものは理屈じゃない、簡単なことだよ、好きなら買えばいいのさ」と私の友人は言うが、「好きだなァ」と思うものはやっぱりべらぼうに高価なのだから、そう簡単にはいかない。ええ？ 「そろそろ老いの執着がわかる年ごろになったのか」って？ そんないやみを言うもんじゃありません。

左は、越前古窯の小壺。室町末期のもので、当時はおはぐろや油などを入れた雑器であったという。小粒ながらに石の重さを持ち、鉄砂の肌はつるつるとして愛嬌がある。人間の頭にたとえれば、脳みそがいっぱいにつまっている健康な苦学生というところか。

（『ミセス』一九六八年三月号）

撮影・大倉舜二

たばこセット

たばことお酒とコーヒーはからだによくないといわれながら、私は三つとも好きでやめられない。それどころかたばこはヘビースモーカーに近いかもしれない。そもそもたばことのつきあいが始まったのは、私が二十二歳のときで、映画の中でたばこをすうシーンのために、ふとんに寄りかかって目をまわしながら猛練習?をしたおかげで、その後も引き続いてすうようになった。

たばこをすうポーズにもいろいろあって、火をつけてから、吸い殻の始末までをじっと観察していると、だいたいその人の性格がわかる。また、たばこのすすめ方にもいろいろあって、これは国際的になるが、中でも中国のすすめ方は変わっていて、箱から一本ずつ抜き取っては、客のひとりひとりに配って回る。大の男が指先にたばこをつまんでは忙しげに配って歩く姿は、なんとなくユーモラスで、私ははじめふざけているのかと思ったのだが、どこへ行っても同じ風景を見るから、どうもそういう習慣らしい。日本ではたばこのすすめ方がうまくない、というより、すすめる習慣に慣れていないのか、「たばこくれない？」と言うと、たいていはポン！と箱ごと渡すようだ。これは、一見鷹揚に見えるが、そのくせ「箱ごと持ってかれやしねえかな」というような顔でちらと横目をつかったりしている。いかにも日本人の性格が躍如としているではないか。たばこのエチケット、すすめ方のすっきりとじょうずなのは、なんといってもアメリカ人だろう。アメリカ映画を見ても、たばこがごく自然に画面にとけ込んでいて、少しもぎごちなさを感じない。たばこのすい方のうまい女優は演技もうまいと定評があるくらいだ。

撮影・大倉舜二

左は中国製のたばこセット。色は中国風の極彩色だが、形がさっぱりしているのと、たばこ入れが小ぶりなのがいい。といってもけっしてけちで言っているのではなく、たばこは空気にさらすとすぐ乾燥してまずくなるから、まめに補充したほうがいいらしい。女性の部屋に似合うようなかわいいたばこセットである。

（『ミセス』一九六八年五月号）

苦しまぎれ

私は花が好きだ。いっさいの雑念とは関係なく、時が来ればせいいっぱいに美しく咲き、時が来ればいさぎよく散ってゆく。私はそういう花がうらやましい。だから一年じゅう、何がなくとも、家じゅうに花だけは絶やしたことがない。けれど、暑気にむせ返る夏の間は花の命が短い。一日たてば、首をたれ、花びんの水は泡を浮かべてすぐ腐る。ぐにゃんとしおれた花を見るのは花好きの私にはたまらなく悲しい。

知人から、上等のクリスタルのあしつきくだもの皿をいただいた。私はあしつきの器にくだものや菓子を盛る趣味がない。けれど、せっかくの器をなんとか生かして使う方法はないかと考えた。食べ物を入れようと思うから範囲が狭くなる、だからもっと自由な気持ちになって……と気をとり直したら、ふと、あることを思い出した。

昔、壺井栄さんのお宅に伺ったとき、洗面所に置かれた洗面器の中に、くちなしの花の首だけが二つ、三つ浮かんでいて、蛇口から落ちる水滴が洗面器に美しい波紋を描いていた。くちなしはそのたびにかすかに揺れて、あたりにはくちなしの甘い香りが漂っていた。その、なんともいえぬ奥ゆかしさ、なんという心にくさ。私は、壺井先生のお人柄に改めて目をみはる思いがした。

私は壺井先生のお人柄にあやかろうとばかりに、このクリスタルの器に花を浮かべようと思った。冷たい水をあふれるばかりに器に張って、花の首だけを水に浮かべる。ガーベラなら二つ三つ、大輪のダリヤならたった一輪だけ。花びんの中で首うなだれた花も、首だけにして水に入れれば、花弁は水を吸い上げて、またいきいきと美しさを取り戻す。サービス品の安花束でも首だけ使うとなれば腹もたたない。

「女というものはけちだねエ」という男どもの声が聞こえないわけでもない。けれど、そういうことが、女の、いや、女房というものの才覚だと私は思う。女房特有のけちの精神、そのけちの根性が、苦しまぎれに思わぬ発明（？）もするものなのだ。

「わかりましたか？　旦那殿、いえ、お前さんにはおわかりにはなりますまい。なぜって、あなたは男だものネ」

（『ミセス』一九六七年七月号）

カットグラス

戦争も終わりのころだから、今から二十余年も前のことである。私はおさげ髪にもんぺ姿で索漠とした渋谷の道玄坂を歩いていた。「チロローン、チロローン」という美しい音色に、ふっと足を止めてあたりを見回すと、目の前にさびれた古道具屋があった。その軒先に、足の折れた、頭だけのワイングラスがひもでつり下げられ、中には小石が仕込まれて、風鈴代わりになって美しい音をたてていたのである。チェコ製の上等のカットグラスで、長い足がついていたらさぞ美しいだろうと、私は見とれた。風鈴は、道具屋のおじさんの手すさびで、売り物ではなかったらしいが、私は無理に頼んで売ってもらい、持ち帰って、自分の部屋の窓にそれを下げた。水晶のように透き通った美しい音色は戦争で灰色の青春を送った少女の私の心を、どんなに慰めてくれたかしれない。ガラスの音だけを買った人間は私くらいのものだろう。

何年か前、私は、銀座の骨董屋で、あの風鈴と全く同じカットグラスを見つけた。今度はちゃんと足もついていて、売り物だった。なつかしさがこみ上げてきて、さいふをはたいて買い取り、二つのグラスの頭をそっとこすり合わせると、「ジョロローン、ジョロローン」とやっぱり美しい音をたてた。その音に聞き入っている私を、骨董屋の店員が変な顔をして見つめていた。

私は今でもときどき二つのグラスの音を聞く。なぜ、私は、この音色にこんなに執着を持つのだろう、少女時代への郷愁なのか、この音色そのものが好きだからなのか、それとも人間にはこうした判然としない感情がたまにあるのだろうか、それも私にはわからない。

（『ミセス』一九六八年八月号）

撮影・大倉舜二

船灯

外国旅行などから久しぶりにわが家へ戻ると、見なれたはずの部屋が妙によそいきの顔をしていて、とっつきにくい感じがする。人の住まない家は、こうもそっけないものかしら、と思う。家は生き物だ。

常には、屋根があり、戸があり、安心して眠れる家というものへの感謝を忘れがちだが、地震などでぐらりぐらりといやみに揺れ動かれたりすると、地震そのものにびっくりするより、家の奴がその存在を認識させたいためにせきばらいでもしてみせているようで、気味が悪い。思わず「わかったヨわかったヨ」と叫びたくなってしまう。

わが家も、新築して美しかったのはつかの間で、十余年もたつと次から次へと故障が生じ、ぶつぶつ文句を言いはじめた。といがこわれる、雨戸がそる、たまには化粧をしてくれと壁が口を出す、と応接にいとまがない。ほうっておけばおくで家はあさましく荒れ果てるし、飾れば飾るできりがなくお金がかかるし、といって、家にかまけていては外の仕事がるすになる。形容は悪いが、やっかい女をしょい込んだようでしまつに困る。「女房と畳は新しいに限る」なんて、男性はかってなことを考えているらしいが、その心境、理解できぬこともない、と、当の古女房である私でさえ、古家をながめて苦笑いをしている。

船灯は、わが家の玄関番である。門をはいっていちばんはじめに迎えてくれるのが、この丸顔のおじさん。古道具屋から拾ってきたきたない船灯だが、ガラスが凸レンズになっていて意外に明るく、やみを貫く強い光は、なんとなく海の男を思わせる。

（『ミセス』一九六八年九月号）

撮影・大倉舜二

ピル・ボックス

東京・丸ノ内、新国際ビルの一階に、私は小さな、ガラクタ店を持っています。ピッコロモンド（小さな世界）という店名のとおり、世界じゅうの小さなものを集めて、お客さまに楽しんでいただこうという寸法ですが、その小さなものの中に、いつもいくつかのピル・ボックス（薬入れ）を置いています。いえ、「ぜひ、ピル・ボックスを買ってください」とPRしているわけではありません。ただ、一日のうちに、何人かのお客さまに「これは何ですか？」と質問されることがある、ということを書きたかったのです。てのひらにはいるほどの小さな小さな美しい箱なので、いったい何を入れるものだろう？　と不思議に思われるのでしょう。

「薬を入れるのです」と答えると「へーえ」と、なにやら、思いあたるふしでもあるような表情をなさるかたと、「ふうーん」とばかばかしいような目つきをなさるかたと、二とおりのお客さまがあります。

「へーえ」のかたは、ご自分のほかにも、いつも薬を持ち歩かなければならない病身の知人、友人などの面影を思い浮かべる様子が見え、「おばあちゃまにプレゼントしようっと」などと、ひとり言を言いながらお買い上げになるお嬢さんもあります。「ふうーん」のかたは、薬になど関係のない健康なかたか、たとえ薬に関係はあっても、高価な薬をまた高価な薬入れに入れ替えるなんてつまらないことだ、とお思いになるのでしょう。ささいなことでも、人それぞれにまるで違った考え方を持つもの、といまさらながら人間の複雑さを感じます。

さて、薬入れというものは、まだ日本製のものは少なく、たいていは、英国、フランス、アメリカ、中国製が多いようです。外国では薬屋で、日本のようにむやみと薬を売らず、

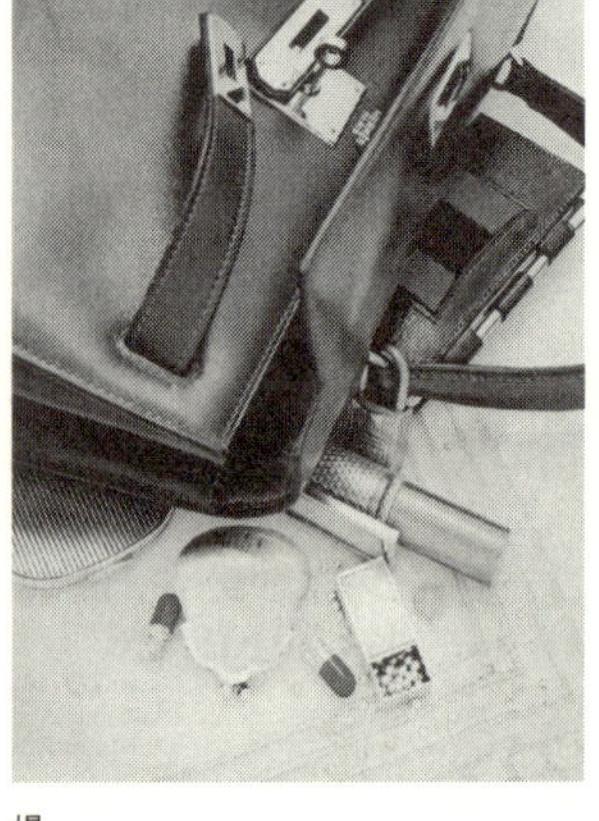

撮影・大倉舜二

ちょっと強い薬は医師の処方箋がなければ売ってくれません。それも症状によって何日分何粒というように、まとめてくれるので、大きなプラスチックの容器を持ち歩くわけにもゆかず、家に置き忘れたら最後、薬局では売ってもくれず、で、携帯用のピル・ボックスが必要なのはあたりまえなことなのでしょう。男性用、女性用、かわいいもの、美しいもの、スマートなもの、凝ったもの、と実にたくさんの種類があって、フランスの金貨を二枚に切って作ったピル・ボックスなど、五万円も十万円もしてビックリするほど高価なものもあります。

わが国日本は、まさに薬天国。薬の氾濫で、薬害の入院患者もぞくぞくとふえています。どんな薬でも薬局に売っていて便利な日本と、個人個人の症状に合わせた薬しか売ってくれない外国とどちらが真の人間の健康を考えていることになるのでしょうか？

（『ミセス』一九七〇年五月号）

サラダボール

私の夫は、人並みはずれた野菜食いで、ほとんど三百六十五日、野菜サラダを欠かしたことがない。夜の夜中にブランデーのコップを傾けながら、直径三十センチほどもあるサラダのどんぶりをかかえ込んで、ムッシャムッシャとやっている様子は、どう見ても牧場の牛としか思えない。

夫は丑年なのである。丑年が野菜好きなら、未年は紙を食べるのか？　と言われそうだが、そんなことは私には関係ない。

自分の好きなものを他人に押しつけるのはいけないことと知りながら、だから、お客さまをすると、どうしてもメニューの中にサラダが加わる。食堂のテーブルにガン！と持ち出されたサラダの鉢の大きさに、誰もが一瞬ギョッとなるらしいが、心配はいらない。〝モウモウの善ちゃん〟がひとりでペロリとかたづけてしまうからだ。

夏に向かって、サラダのおいしいころである。〝サラダ・ランチ〟なんてのもちょっと気のきいたアイディアではないかしら？

フランスはカンヌの丘の上に「金の卵」というレストランがあって、前菜に何十種類ものサラダの小鉢がズラズラズラと並び、アントレは鶏のもも一本、それでおしまい、というしゃれたメニューの食事をしたさわやかさが忘れられない。なんてキザなこと言っちゃったけど、イーイ感じだったなァ。

わが家のサラダボールは、ガラスあり、陶器あり、漆器あり、といろいろだが、この古いガラスの鉢はことさら野菜がおいしそうに見えて、好きな入れ物の一つである。

野菜を入れる前に、鉢のまわりに生のにんにくをぐりぐりとなすりつけるので、明治生まれのガラスは「臭うてかなわん」と、迷惑顔である。

（『ミセス』一九七〇年七月号）

撮影・大倉舜二

フリージア

不幸な子どもに絵をかかせると、例外なく暗い色のクレヨンで画用紙を塗りたくるという。それを聞いたとき私はひどく人間を恐ろしく思った。

日本には、すぐれた画家がおおぜいいて、その作品には、それぞれに人間としてのりっぱな個性がにじみ出ている。人間の感じられぬ絵など、人の心をうつはずがない。そして、人々もまた、それぞれの好みによってその絵を評価する。

ゴッホの黄色が好きな人、梅原龍三郎の赤が好きな人、マリー・ローランサンのピンクが好きな人、東山魁夷の青が好きな人、というように、選ぶほうにも個性がある。人間は、だからおもしろい。人間は、だからけんかをするし、人間は、だから仲よくもなれるのである。

黄色が好きな人は、性格が陽気なのだそうだが、私は花を選ぶときは、無意識に黄色の花に目がいっている。今の私は、自分をしあわせだとは思っているが、陽気な性格などとは思ったこともない。ただ、わが家を茶とベージに統一してある関係上、黄色の花が無難である、とがんこに信じているだけである。ことにフリージアの黄色はこっくりと深く、そのうえ、部屋の空気が揺れ動くたびに流れる香気のすばらしさは、まさに女王の気品とでもいおうか。さいふの中にゆとりがあるときは、黄色のフリージアをぜいたくに買い込んでくる。その色と匂いに酔うとき、おおげさにいえば、このまま死にたいと思うこともある。

フリヂヤにかひなきことは言はでけり　白雨

（『ミセス』一九六九年三月号）

撮影・大倉舜二

チューリップ

花屋の店先に、パンジーやデージーなど、草花の小鉢が並びはじめると「春だな……」と思う。その鉢を一つ胸に抱いて町を歩くとき、ふっと自分の心が柔らかくなっているのを感じる。

鉢植えの花には、こまめに水をやらなければならない。めんどうだが、その手のかかるところにまたかわいさがわくし、東京には土がないから、鉢の中のわずかな土がさもおいしそうに水を吸い込むのを見るのもまた楽しいといったように、春はやっぱり、気分を明るくする。

新聞を開けば、きょうもまた、毎度のことながら、物価の値上がり、公害、殺人、汚職に交通事故、と、目をおおわんばかりに惨憺たる記事ばかり。それやこれやで生きてゆくのもらくではない。毎夜ベッドにはいるとき、なんとなく「ご苦労さま」とひとりごとを言いたくなるような現代日本である。

サラリーマンの一週間に、日曜という休日があるように、ミセスも一年のうちの春くらいはめをはずしてもいいんじゃないかしら。

いえ、はめをはずすといっても、飲んでくだをまいたり、よろめいたり、隣の子どもをつきとばしたり、といったようなことではなく、ある春の日、突然に家計簿やそろばんなんかおっぽり出して、花屋へ駆け込み、家じゅうを花でうずめて、その中にふんぞり返ってみるくらいの、ごくささやかな豪遊をしてみてはいかがか、ということです。その、ふんわかとした、なんともいえぬ心持ちのよさったら……いえ？「そうねぇ、春は花も安いから」って？ また、そんな世帯じみたことおっしゃる。まあ、やったんさい、少なくとも眉間のたてじわが消えてしまうことは請け合います。

撮影・大倉舜二

チューリップ赤きを挿して乙女妻　　友二

（『ミセス』一九六九年五月号）

アンスリウム

ハワイへ行きたい。

食いしんぼうで、かなづちの私にとって、ハワイは「つまらん」ところのはずなのに、それでも時々、私はハワイへ行きたくてたまらなくなる。それは、ハワイが「花の匂いのする島」だからだ。

ハワイには、一年じゅう、花が咲いている。国花のハイビスカスをはじめ、各種の蘭の花、プルメリア、ガーディニア、ゴールデンシャワー、ジンジャー、アンスリウムなどが、文字どおり咲き乱れている。ことに、二メートルほどの木に、五つ、六つ、とかたまって咲くプルメリアの芳香はすばらしく、道を歩いていてもプルメリアの匂いが風にのってくる楽しさは、実に花好きの天国である。

ハワイの娘は、その黒髪にハイビスカスを飾り、ミセスになると、プルメリアの花に替えるのだというが、最近は観光客相手のデモンストレーションか、誰もが大輪のハイビスカスをつけているようだ。コーヒー色の肌に緑の腰みの、髪に真紅のハイビスカスときては、女でもつい見とれてフーラフラになる。

アンスリウムは、真っ赤な顔にぺろりと黄色い舌を出した、まるでのっぺらぼうのような奇妙な花だが、ハワイの強烈な太陽の下で見るアンスリウムは、いかにも南国の花らしく、力強く、生き生きとして悪くはない。色は、真紅、ピンク、サモンピンクなど、いろいろだが、太陽の光をはね返すような真紅にこそ、この花の命があるように思われる。

香水の坂にかかりて匂ひ来し　　汀女

（『ミセス』一九六九年七月号）

撮影・大倉舜二

秋草

一年じゅうでいちばん好きなのは秋だ。

秋は女が美しく見えるから？　とんでもない。秋は食欲が増すから？　あらいやだ、そんな下品なこと。秋は大好きな秋草に会えるからである。

だいたい、秋草なんていうものは、むこうから汽車に乗って都会の花屋へやってくるものではなく、こっちから野原へ出向いて、朝露など踏みながら摘む草花なのだが、時間にも気分にも余裕のない都会の人間にはそれができないから、秋草に会うためには花屋へ走ってゆくよりしかたがない。

色とりどり、香りさまざまのはなやかな花屋の中で、素顔のままで、たったいま秋の匂いを運んできたといった風情の秋草たちが、他の花に比べて遜色なく美しいのを見ると、なんとなく「やっぱりねぇ」などと思う。なにが「やっぱり」なのかわからないが、このごろのようなまやかし時代に、〝ききょう〟はやっぱり〝ききょう〟で、〝おみなえし〟はやっぱり〝おみなえし〟であることに安心するのかもしれない。なにを寝ぼけてうだうだ言ってやがる、と言われてしまいそうだが、本心だからしかたがない。

ふつう、秋の七草というと、萩、すすき、くずの花、なでしこ、おみなえし、ふじばかま、朝顔、ということになっているらしいが、私はそれにプラス、りんどう、われもこう、ききょうがないと、秋が来たような気がしない。

ことしも、わが家ではひとかかえの秋草たちが、とっておきの李朝の壺の中で身を寄せ合っておしゃべりをしている。それをながめている自分までが、なんとなく人なつかしくやさしい気持ちになっているのがまたうれしく、ニッタリしながら「やっぱりねぇ」とつぶやいちゃうのである。

手に持ちて秋刀魚まぶしく坂あがる　　午次郎

（『ミセス』一九六九年十月号）

撮影・大倉舜二

45　秋草

私にはもう顔がない。

顔も、目も鼻も、すべてが丸い。鼻の下が短い。始末におえない童顔である。

その童顔が商売の役にたったときは、もうとっくにすぎて、三十歳ともなればじゃまにこそなれ、プラスにはならない。

童顔だって人並に年をとるし、シワもできるのであるから、童顔にたよらず、童顔をこくふくしてゆくというのが私の課題であると思っている。

とにかく、この顔ではというので、役をあきらめることが間々である。やりたい役柄のイメージと、自分の顔があまりにもかけはなれているときの残念無念さは、ちょっと例えようもないほどの、ヒサンである。

その無理を承知の上でやり通してしまったのが「雁」のお玉である。しょせん無理は無理で、成功したとは思えなかったが、私にも、私なりのこんな涙ぐましいなやみがあったことは、認めていただきたい。このごろの私は、もはや顔についてはあまりこだわらないことにしている。あまりの無理でない限りは、少しずつでもお芝居でそれを補ってゆきたいという。図々しくもけなげな心境である。

何しろ映画界に百年もいたので、この顔も多勢の写真屋さんに、ナメルが如く撮られてしまって、私にはもう顔がない。

そこで自分で自分を、少し気取って写してみたのが、この写真である。

（『アサヒグラフ別冊・映画と演芸』一九五四年九月二十五日号）

豆スターは幸福だろうか？

——豆スターは幸福でしょうか。

「わからないですね。私みたいに、自分で気がつかない内にいつの間にか子役というものになっていたという場合もありますが、小さいなりに歌とか踊りとか芝居が好きで嬉しがってやっている子もいるんじゃないですか。それが成功して舞台なり映画に出ている例もありますしね。だから私ね、ときどき子役さんに「映画のお仕事好き」と聞くんですよ。「好き」と答えられるとほっとするんです。それでいいんでしょうね。その後のことはだんだん大きくなってくれば自分で何とかいうようになるでしょうし、考えるようになる。そのとき親がもっと歌を歌っていろとか何とか押しつけないで、子ども本位にしてやってくれれば、それでいいんじゃないでしょうか。

よく私のところへも子供の写真を入れて、親がぜひ子役に使って欲しいというお手紙をよこしますが、心当たりがないからということを書いて送り返しているんです。そういうお世話しないことにしているんです。」

——高峰さん御自身はどうお感じだったですか。

「私は五つでしたから赤ん坊みたいなもので、なぜ自分がこんなことをしなくてはならないのかしらと、ちっとも嬉しいとか、面白いとか思いませんでしたね。墨を顔にひっかけたりするようなお芝居があるといやだったし、ドーランを塗られて、何回もやり直しをしますと、なぜこんなことをしなければならないのかなあと思ってやっていて、それでだんだん知らないうちに……ごらんの通りになっちゃいましたというわけ。ぼんやりした子どもだったのかもしれません。その程度にしか考えなかったですね。小さいときから好きではなかったらしいですね。やはりこういう仕事はとても好きでやっているのと、しょっちゅう自分を第三者の気持でみているのではずいぶん違いますよ。嫌いな子にとっては大変な苦痛ですよ。私の経験でも学校にも行かれず、そうかといって家庭教師をおける身分でもありませんでしたし、学校に行きたい、行きたいと、子ども心にも、みんなが上の学校に進んでいっているのに、自分だけが取残されていて、何にも覚えないうちに卒業がきちゃって、いやな気持ちでした。今の子どもはちゃんと家庭教師を置いて、例えば歌をやっている子でも、旅先にまでその家庭教師がついていってくれるから、恵まれていますね。

私などはもう滅茶苦茶でした。映画の仕事にかかっているときは一カ月も行かれませんし、どんどん仕事があって出ずっぱりのときは三カ月も四カ月も行かないときがありました。ですからたまに行っても何をやっているんだか、さっぱり分らないわけですよ。休み時間に前のところをみてもわからない。とっても悲しい思いをしました。しかし問題は学校とか何とかいうことより、子どもは子どもらしいということでなければいけないと思うんです。配役は子役でも大人と同じなんですよ。私なんかでも、子役で可愛がられてやってましたけど、もし自分が間違えば、みんなが迷惑するということは、子どもながらにとっても胆にこたえちゃうわけなんです。しょっちゅうそういう責任感みたいなものに脅やかされて、子どもらしい生活、のんびりした生活をしたことがありませんし、ほかの子どもみたいに動物園に連れてってもらうとか、近所の子どもと遊ぶとかいう喜びはないんです。可愛がられることは、もうねこっ可愛がりで、子どもにとっては子どもらしい、何か買ってもらったり、ちやほやされたりという工合ですが、子どもじゃなくては出来ない特権があるんですから、それを支えてあげるような親でなければ感心しませんね。」

——もしもう一回学校に行かれるものなら行きたいというようなお気持、文化学院を退(の)かれるときにも、とても悲しかった、ということをお書きになっていらっしゃいましたが……。

「今の子役さんは家庭教師がついていていいかもしれないけれど、家庭教師とか、学課を習うとかいうことじゃなく、学校に行って、大勢の友だち、先生、そういう集団生活とか和みたいなものね、そういう経験がいっとう大事じゃないかと思うんです。ですから私、文化学院に一年半しか行きませんけれども、その一年半はほかの人が五年行くよりも、自分には胆に銘じて学校生活というものを十分に経験したつもりです。それさえやはり一週間に一遍なり、十日に一遍なりしか行かれませんでしたからね。私にとって学校生活は少女時代への郷愁とでもいうんでしょうか。」

——あなたの御本に〝平山秀子〟というもう一人の御自分というものが意識の中にあるというようなことが書いてありますね。

「そういうことを意識し出したのは十五、六でしょうかね。とにかくこういう映画の社会って、ふつうの社会とちょっとちがう、何かとても一風変った、片輪というと語弊があるけれども、ゆがめられたところがあるのです。そういう中でちっちゃいときからずっと暮すと、まだ当人がしっかりしていないからどういうふうに流されちゃうか分らないわけですね。私の場合はいつでも自分があんなことをしてやがる、こんなことをしていると、いつもちがう気持ちが見ているわけですよ、そうじゃない人もいるんでしょうけれどね。」

——『二十四の瞳』の子役も豆スターといえるのでしょうか。

「どうでしょうね、二本三本と出ているうちには同じようなことになるということでしょう。一生懸命になるのは、子どもより親ですから。『二十四の瞳』でも子どもが出たがってひとりで願書作ってきたわけではないんでしょうから。少し私の考え方が曲っているかもしれないのですが、この間も若いお嬢さんがたの、ある審査をしたのですけれど、胸に番号をつけてつぎつぎ出ていらっしゃる、それに私たち点数をつけて、無責任にね、そしてまあ一位がきまりますね、それまでどこの誰だか分らなかったその人が一位にきまったとたんに、スポットが当てられニュース屋さんに囲まれ、頭に冠をのせられる。その人がだんだんパアーッと、いままでの人とちがって、もうその時すでに、その人はどこかの道に曲りつつあるわけですよ。それを見ているたんびに、何か、あーあと、何ともいえない気持がするんです。この間の審査のとき、やはり審査の一人で私の隣に坐っていた西崎緑さんが、「あー道を間違えないで下さいよ」とつぶやいていらっしゃるのよ、私も同じことを考えていたものだから、「西崎さん、あなたもそうお思いになるの」「私いつでもそう思うの」「私も今同じような気持でいたんですけれど、こういう審査のたんびに、自分がこの人を選んで悪かったんじゃないか、何か悪いことをしたんじゃないかというような気持になるのはどういうわけでしょうね」と二人で話したんですが、その人がうまくいってくれれば、これ以上いいことはありませんけれど、お嬢さんのままで学校に行って、ふつうの家庭で素直に育って奥さんになる……その方が倖せだったのではないかしら、これからどうなるのかなあ、道を間違えないでもらいたいという気持ちがあるんですよ。子どもの場合は特にね。舞台で時々小さい子がリボンなんかくっつけて歌うのをみると、自分の身がすくむような気がするのですよ。でもそういう要求が社会にあるから出て歌うんでしょうが、どうも私は好きじゃないんですよ。」

——豆スターたちの経済意識はどんなものでしょう……。

「どういうふうに思っているんでしょうね。私なんかとにかく四円か五円で働いていたんですから、別にいい着物を着たいという子どもじゃなかったんです。ですから分らないですね。この間豆スターといわれる人のお母さんたちの座談会を読みましたが、ギャラは子供には知らせないようにしているというお母さんもありますね。自分はお金が欲しくて子どもを猿廻し的に働かせ、自分たちがいい生活をしようと思っていない。子どもがやめたいといったらいつでもやめさせるつもりでいるというお母さんがいました。そういうふうだったらとても結構ですけど、ただ親の虚栄とか、そういうものだけで子供を働かせては……。それに、お金をたくさん取っているから自分はエライんだなど、子供に思わせたりしては大変なことになると思います。あんがいこんなことが子供の気持ちには大切な親の心がけになるんでしょう。」

——豆スターに対する周囲の眼は……。

「こういうことがありました。私が小学校二年か三年のときですが、どうしても私が選挙で級長になっちゃう。自分はちっとも学校に行かないし、勉強ができるというわけじゃないのに級長になるのは、子役だからみんなに人気があって、選挙してくれるのだ。だから私は一生懸命やらなければならないといつも追いかけられている気持ちでした。人気なんていうものははかないもんだということを、そんなちっちゃいときから考えていました。人気があってみんなが選挙してくれて級長になることと、学問ができて尊敬されて級長になるということとはちがうということを知っていました。登校日数が足りなくて、学問ができなくても、せめてそのほかのことでいい人間になって、みんなに選挙されても恥かしくない子どもになりたいというので、一生懸命やりました。小さいときから人気というものに対してはそういう気持ちを持っておりましたよ。」

——東海林太郎さんが高峰さんをおぶって「赤城の子守歌」を歌われた時、あなたは紐が東海林さんの胸をしめつけて歌いにくかろうと、眠ったふりのままで両手でその紐をゆるめていた、と『まいまいつぶろ』で拝見しましたが。

「あれは私が九つくらいのときですよ。やっぱり子どもながらに自分でもこうしてもらったらいいのになあと思うことがたくさんあったんじゃないでしょうか。だから自分も小さい時からそういうふうにまわりの人に気を使う。教えられてどうということではないんですね。『子供の眼』に出ている設楽という子すごくうまいんですよ。うまければうまいほどみていて悲しくなっちゃう。小さい大人をみているようで、完全に役者ですね。天才でしょうね。子役と芝居するということは、大人はとても疲れるんですよ。台詞を間違えないだろうか、テスト通りに本番をやってくれるだろうか、としょっちゅうこっちは気にしている。ところがあの子にはそういう心配が全くないんです。あんまり上手くてかわいそうで、もう止しなさいとセットから連れ出してやりたくなる。でも当人は案外好きなのかもしれない。こんなのは大人の感傷にしかすぎないのかもしれません」

——豆スターの生命というものはどうなんでしょうか。

「子どもの可愛らしさ、それがなくなっちゃって、それで芸というものが残るんだったらたいした人じゃないかと思いますが、それには人一倍苦労しなければだめじゃないですか。私の場合は子役時代というものは全然マイナスだったと思います。芝居でもほんとうに馴れでやってきただけで、子どものときのものは何の役にもたたないのですよ。十年も二十年もしていても、それがちっともプラスにならない。それよりも、さっきいったように子供らしい生活を満喫してだんだん大きくなって、それから学校に行って、いろいろな常識を身につけて、そして俳優になった人というのは、とてもうらやましいのです。

私は少女時代になって大人役になりましたが、大勢の人がまだ子どものときのデコちゃんという感じを持っていますね。大衆には私がまだ子供なんだという意識があるから、私はふつうの人より、倍、大人の勉強をしなければならない。もっともっと背伸びをしなければならないということですね。それでずいぶん苦労しました。」

——早期教育ということがさき頃からいわれておりますが……。

「子どもでもレコードが鳴ると喜ぶ子がいるでしょう。だから好きでやらせるならいいでしょうね。そういうことは分らないんですよ、子どもを持ったことがないから。でも何だかんだいっても、自分で産んでみると、もう可愛くて可愛くて、そういうふうになっちゃうかもしれないけれども、まあ、自分のことを考えると、子どもを産んだら、ぼんやりした子どもらしい子どもにして、それで世間に迷惑をかけない程度の人間になれば、それで結構だと思います。

私ちっちゃい子どものときからやたらと責任感みたいなものを、いやというほど身にこたえて来ちゃった。自分がヘマすればみんなが迷惑するんだということを覚えましたから、今でも責任感のない人がいっとう嫌いね。で、いまだにすぐそういう言葉が口に出ちゃうんですよ。女中さんなんかにも、「自分のしたことに責任もってちょうだい」。いやな奴だと自分で思うんですけれどもね。運転手さんに私が「ここに何時に来てちょうだい」と頼むでしょ。ところが来てないんですよ。「あなたは運転手が仕事でしょう、それをどうして約束通りに来てくれないの、もっと自分の仕事に責任持ってちょうだい」。向うは何だこの野郎と思うでしょうが、そういう人をみると、私はふつうではないと思えちゃうのです、その人間が。それをしないでどこに取柄があるのかといいたくなっちゃう。私は絶対にスタッフに迷惑をかけません。たとえばきめられた時間に遅れて行くとか、ちょっとお腹が痛いからといって休むとか……。私だって、いろんな映画に出て、すべて十分に責任を果して来ているとは思いません。自分の芝居の下手なのは棚にあげてといわれるかもしれません。この芝居の下手なのはこまりますが、どうにも責任の持ちようがないけれども、人並にはやっていきたいと思っているんです。この仕事だけは二十年やっていようが、三十年やっていようが、駄目なものは駄目なんで、やっていけるのはその人その人によるものじゃないかしら。どうもね、すぐ「もっと責任もってちょうだい」っていっちゃっていけないんですよ。そうじゃない人があんまりいるんじゃないでしょうか。仕事を大切にしないことは自分を大切にしないこと、では何のために生きているのか……。そういうことで何かとっても自分に対しても、しょっちゅういじめているような批判しているような工合で、ずいぶん冷たくて厳しすぎるといわれるときもあります。そういうふうなものだけが残っちゃったんですね。だからおおらかな、甘えるような、ふんわりしたところがない。それをいっとう恐れますね、こせこせいじいじした人間になってはいけないといつも思っているんです。」

——スターの運命が尽きるときは……。

「私はこの仕事をしていて、人気というものがいかにはかないものか知っているし、自分の仕事の限度というものは分っているんですよ。この仕事をやめちゃったらもうあとには何にも残らないということだったら、大変なことだと思う。この仕事をやめても人間としてちゃんとふつうに生きていかれる心構えというものを、いつでも持ちたいと思っていたんですよ。ですから、第三者の気持ちになってしょっちゅう批判して、人並以上に反省していなければならないのです。確かにこの仕事はいい。お金は入るし、いい着物は着られるし、上面(うわつら)のことだけみていたらね。ですけどそういうものはいつ崩れちゃうか分らない。いいときと背中合せに、大変な谷底が待ちかまえているんだから。それじゃ自分が映画をやめたら絵描きになるという、仕事の方面じゃなく、自分が生きていかれるだけの心構えというものを持っていたいと思います。女優をやめたら駄目になっちゃうということは自分自身淋しいことですよ。そうかといって学問があるわけじゃなし、役者はつぶしがきかないというけれども、せめて奥さんになっては、旦那さんに迷惑をかけない程度の奥さんになりたいと思っています。女優生活二十五年、あとの二十五年でどの程度のいい奥さんになれるか、これからの毎日が私の課題です。」

（『婦人公論』一九五六年三月号）

秘伝を語る　妻の座と名演技と

〝女が階段……〟大当り――でも私には関係がない

――「女が階段を上る時」、御成功のようで、おめでとうございます。今日はひとつ、あの映画を中心に高峰さんの長い映画歴でのお話や、演技のいろいろなどをおうかがいしたいと思います。

「あたったようね、一週間で九十四万人、普通一日千人位いだというのに、五千人位いはいっちゃったんだそうですよ。興行収入二億円を目指しているっていうんだけど、でも、こちらにはなんの関係もないんですよ、作家のように印税というわけじゃないしね……（笑）」

――それはどうも。ところで、今度のバーのマダム役すっかり板についた感じなんですが、銀座あたりで勉強されたわけですか。

「いいえ、別に。たまにはいきますけれどね、おつきあいで……。ことさらマダムをやるので、バーのマダムにあうとか、探検に行くとかいうことは一度もしなかったんですよ。どんな役でも、実際の人を参考にはしますけれど、それはあくまで参考であって、それをそのまま出すんじゃね、その人を見た方が一番早いんだし、それに私は、自分で造っちゃう方が好きで、それがたのしみなんでね。類型的なものは余り好きじゃないんですよ。

それと、バーのマダムなんていったって、特別な人間じゃない、大勢のなかの、ある一人ですよね。あの女だって何がしたいかといえば、結婚して普通のつつましい、ひそやかな奥さんになりたいという。まあ、健全でしょう、健康でしょ。そういうものが何かあたしは好きですね。なんかこうゆがんだ特別なものじゃない。

まあ、だから、あそこでも私は、いろんな人のどこかにあるもの、誰でも女ならどこかに持ってるもの、それを一つでも出したいと思った、どこかにそれが出てればいいと思っている。」

――なるほど、だから高峰さんの映画はヒットするのかな。でも演技では苦労されるんでしょうね。どういうんでしょうかね、演技がうまいとか、下手だとかいうのは、実際映画を見て感銘できるとか、できないとかいうのは……

嘘のうまい人は演技がうまい？

「どういうんですかねえ……。そうね、もっともほんとうらしい嘘ということでしょうね。何んといっても自分じゃないんだし、よその人になるわけでしょ。私がうまいといわれるのなら、私は嘘がうまいのかもしれないですね。でも、やっぱりその人が映画っていうのは出ちゃうんですわね。その人が勉強しているか、いないかどっかに出ちゃうんだと思います。といって、じゃどうすればよいのか、本を読めばよいのか、何か見ればよいのか、具体的なことはいえませんが。とに角いろんな役をやりますから、いろんな要素を持たなくちゃいけない。そうかといって浅く広くじゃ工合が悪いんでね、物を深く見るということが一番大切だと思いますね。」

——そういう地道な勉強がほんとは必要なのでしょうが、最近は個性とか、新鮮さとかでも結構売り物になっているようですが。

「それは新しい人が出て来れば新鮮なことはあたり前なんでね。見たことがないのが出てくればね。それが、いつまで続くか、新鮮さなんて大体一年ぐらいじゃないかと思うんですがね。ですから、自分で永久に俳優をしていくのなら、そういわれている間に、その覚悟をして勉強をし始めなければならないでしょ。まあ、うかうかしていられないですよ。

新鮮さなんて、また違う人がぽこっと出てくれれば、新鮮でなくなっちゃうんでね。新鮮は売り物にならない。でも、若い人は勇ましいですよ。先輩とか、後輩とかいうことはないんですよね。実力でお前さん何十年やって来たか知らないが、私の方が人気があるんだ、うまいんだってような気があるんじゃないんですか。だから古い人から何か学ぼうなんていう人がいるのか、いないのかわかりませんね。あんたはあんた、わたしはわたしという考えも、悪くはないと思いますけれどね……。」

しっかりしている団令子さん

「でもね、あまり若い人とはおつきあいがないので、ほんとのところはわかりませんね。役者として若い人のことをもっと知らなくてはいけないのですけれど。こんど団令子さん（女給役で出演）と一緒にでてね、若いということはいいなと思いましたよ。ちっともいじいじしたところはないし、しっかりした良い人ですね、あの方は。」

——それでは、どうですか、演技の上でもっともいけないことは……

「一番いけないのはあせりのようなものじゃないかと思うんですけどね。家を建てたいとか、自動車を買いたいとかっていうことがもう一つ拍車をかけるでしょう。まあ経済的に食べていかれない筈はないですよ。でも、この商売はね、もっと背のびをしたくなる時があるんじゃないんですか。そういう時が一番あぶない時じゃないんですか。私がこうしてのんびりしていられるのは、松山（主人の善三）が働いて、食べるのには困らないでしょう。だから自分の仕事はやりたくなければやらなくていいという幸せな環境なもんですからね。それが自分一人で働いて、親や兄弟がよりかかって、その他後援会やら、事務所をもったり、撮影所の人に色々したり、そういうことで経済的にもっとお金が欲しい、いやな言葉ですけれど、稼ぐためということは仕事の上ではどうでしょうかね？　稼ぐなんて考えずに仕事がやれればいいのでしょうが、なかなかそうはいかないんですね。」

——難かしいところですね。ところで高峰さん、三十年（三十一年ですよと訂正された）の長い映画生活で、いろいろありましたでしょうね。

デコちゃんの映画は売店が売れない

「いろいろありましたけれどね、俳優やって良かったということは一つもありませんね。ただ、この間渋谷東宝へ行ったんですよね。そうしたらね、見てる人が殆んど四十代、五十代の奥さん方ばかりなんですよ。もうねえ、そういうことはあんまりないんですってね。何しろ女が多くてみんな年とった人、昔から見てくれてる人なんですよ。通りすがりに入ったというんじゃないんです。見ていてね、わかりますね、そういうのを見るとありがたいなあーと思っちゃうんですよね。みなさん、十年も二十年も見ていてくれたんだなあと思うんですよね。これまで長くこの仕事やっていやなことが沢山ありましたよね。ええ、マイナスばっかりですよね。でも、ああいうファンの方を見ると、やってて良かったと思いますね。ふつうの奥さんが映画に行くということは、仲々大変でしょ。その中を見に来てくれる、嬉しいですよね。おかげで、売店が全々売れないらしい。お客さんがみんなね、大人だから。」

——何しろ、昔からのデコちゃんですからね。でも、若い人たちもそうとう入ってますよ。そして若い人なりに何かの感銘をうけてますね。

「わたし、ファン・レターなんて一日十通も来ませんのよ、くればもうおばさんですよ。昔はミカン箱一杯ぐらい来ましたけれどね。いまはそんなですよ。奥さんなんて、まあ忙がしくてファン・レターなんて、ばかばかしくて書いちゃいられない人たちですよ。だから、私の眼の前にでて来ない人が、映画を見に来てくれてるというわけね。」

ニュース映画はこわい

——浮気なファンを離さないでいられるのは高峰さんが立派な俳優であるということでしょうが、演技の上で極意といったものはなんでしょう。

「私の場合は長いから、いろいろのことをやって来たから、一応こなしているだけね。まあ、私がこれだけ長い間俳優やっていて、いかにすれば自然に見えるかということ、それがいちばん難かしいと思うんですけどね。バーの女給はこういうもの、女学生だったら、おさげにしてこう、ときまってしまってはつまらないのでね。そうじゃなくて、ほんとにそう見える。自然に見えるということでなくてはね。私がいちばん参っていることはニュース映画ですよ。どんなに芝居して泣いても、伊勢湾台風なんかで夫や子供を失って泣いている顔、ああいう顔はちょっとできないでしょ。だから私はニュース映画に一歩でも近づきたい。なんていうのかなあ、つまりおしろい塗って映画にその時だけ出て来たというのじゃつまらない。自然だったら、木があっても花が咲いていても、何十年たっても見ていられるじゃないの、そういう女優にならなければ……。あれは芝居だなんて人に感じさせない芝居ができたらいいと思いますね。」

——最後に一つ、高峰さんの映画見て、とくに今度は、しっとりした情感といったものがにじみ出ていて、家庭でもいい奥さんだろうなと思うんですが……

「わあ！　どうして。だけど映画はあくまでお芝居ですからね。あのとおりではとても女優なんかやってられない。いつもいい人で出ているものですからね。困っちゃう。松山とは友だちみたいですね。片いっぽうが忙がしい時は、片いっぽうが電話きいてメモしたり。旦那さんが出かけるといってもＹシャツをかえたりなんか、たまにしかやらないしね。いってらっしゃいませといって三つ指ついて御見送りというわけでもないしね。お互いに不規則でしょ。映画にでると、泊っちゃったりしますからね。普通の家庭の奥さんとは違いますよ。でもね、それが長く続いたら工合が悪いでしょ。ですから一年に一度ぐらいしか、映画に出ないようにしているわけです。いまのところは、家庭の余暇に映画に出るというわけね。どっちも大事で、どっちも一生懸命やってしまうとやっぱりうまくいかない。両立は絶対不可能だと思いますね。」

（『国際文化画報』一九六〇年四月号）

映画女優四十年

出演映画は七百本以上

「この十数年、映画らしい映画に出ていませんけれど、何年しているかということになると、四十二、三年やっているのです、もう。本数も七百五十本ぐらいまでは覚えていますけど、それ以上は覚えていないんですけどね。たくさん出ているからどうということ、本当にないんで、恥ずかしいようなものなんですよね。外国に行って、よく「何本出ましたか」なんて、「百本」なんて言うと、向こうの人は目をむいて驚いちゃって、バカじゃないかという顔をします。こっちは本当に数でこなすみたいな……。なにせ貧乏ですからね。

外国の俳優さんは、二万ドルでも三万ドルでもとるわけです、出演料をね。それでもちゃんと見合うんですよ、全世界がマーケットですから。日本の俳優で、今、百万円以上とっている人は二、三人じゃないですか。百万円だったらね、一年に三本か四本撮らなきゃ食べていかれません。それだけの生活が維持できない。そうでしょう。だけど、もし二千万円くれればね、三年ぐらい休んで、その間にまたなにか仕入れができますわ。勉強なりなんなり。そうじゃなくて、マーケットがちっちゃいから、とるお金がちっちゃいから、ガツガツガツガツ、ただただ働いているうちに仕入れが間に合わなくて、雑巾みたいになっちゃって、しぼるだけしぼられて、自分も疲れはててポイッと放り投げられるのが日本の俳優の宿命ですよね。」

——今度、国立近代美術館にフィルム・センターができて、今、田中絹代さんの特集をやっていますが、高峰さんの番になると大変ですね。もっとも、七百本、全部はないでしょうがね。

「ほとんどありません。日本の映画界は、そういうところがだらしがないというのかなんていうのか、地方回ってきてボロボロになりましてね、それをそのまま捨ててしまいますから。それと、保存が悪いと、だいたい十年ぐらいでフィルムはあめんぼうみたいになってだめになりますから。ですから一本撮ったら、フィルムセンター用に一本ちゃんと新しいフィルムをコピーして、それをしまうようにしないとね。地方を回ってきたボロボロのをしまったってしょうがないでしょう。そういうことを、今まで全然しなかったですね。まあ、いいですよ。すんでしまったから。また、なんだか若いあたしが出てきて、チャカチャカやったら恥ずかしい。」

——今までの役の中で特にむずかしかったというご記憶は。

「べつにないですね。むずかしいっていうより、監督さんと、意見が合わないなんていう生意気なことじゃなくてね、監督が要求するのと自分がやりたいのとちがったときには、毎日苦しいですね。自分が一月(ひとつき)かかって決めた役づくりがあるわけでしょう。出ていったら、監督さんから全然ちがうものを要求されたら、これはもう大変ですね。一ぺんぶちこわすったって、一日でぶちこわれないですからね。

でも、大したことないですよ、役者って、本当にね、上手にものまねすればいいんですから、一言でいえば。ただ、そのものまねに魂がはいっているかはいっていないかのことですね。」

方言の効用

「小さいときはなんだかわけがわからなくてやっていましたけれど、やっぱり二十五歳ぐらいのころから、わりあいにことばというものも——せりふですけど——重要なものだと思いましたし、それから方言ですね。東北、京都、大阪、熊本、小倉、それぐらいですか、わたしが習ったのは。

方言を使うと、ずいぶん助かるものですよ。『永遠の人』なんていう映画がありました。それは木下恵介さんですけど、熊本の女なんですよ。それが、はじめ標準語の台本がきたのです。あまり脚本がおもしろくなかったものですからね、これ、「本当に熊本弁にしたらどうでしょう」って言ったら、木下先生が、「それはいいでしょう」っていうことで……。熊本弁の方が俳優座かなんかにいらして、その人について、仲代達矢さんが相手役で、二人で一生懸命、熊本訛を練習して。そうしたらね、かなりおもしろくなりましたよ。」

——なるほど。でも、稽古は大変でしょう。

「大変です。大変ですけど、それは、やっぱりただで働いているんじゃありませんからしょうがないですよね。その仕事がよくなればいいんでね。方言の稽古は、昔は何日でもかかって口うつしで。ですからそのほかのこと言えといっても絶対言えないんですよ。そのせりふだけは覚えますけどね。そんなもんなんですね。

まあ、本当にできないのは大阪弁ですね。よく今、テレビで無造作に関西弁のドラマをやっていますけど、関西っていっても、芦屋生まれの人か、神戸か、京都か、そのへんのところをみんな、無責任にやっていると思います。あれは、やっぱりいけないことだとあたしは思うのですけど。今ことばは乱れているからなんていうけど、乱れているからきっちりしたものを……。テレビなんていうものは茶の間にはいりこんでいるんだから、もっとも正しい訛というのか、伝えなきゃいけないとあたしは思うんですけど、テレビというのは、すんでしまえばそれまでよですから、どうも一生懸命にならないのですね。それと、日にちが一週間もないですからね、一時間もの撮るのに二日ですから、練習が。二日じゃ一時間分のせりふは、それは無理ですよ。

それと、まあ、今、テレビなんかで時代劇がありますでしょう。せりふも現代調になっているんですけど、それでもなんとか言い方でね、時代劇らしくそれをしゃべれないものかなと、あたし思うんですけど。それで、この間、岩田専太郎さんにそう言ったら、「もう、聞くほうも現代人なんだからしょうがないやあ」なんて、全然あきらめちゃっていましたけど。そう思ってくださる方があるのは結構ですよ。でもね、それを仕事としたら、やっぱり少しはね。刀をさして歩いているのとね、サラリーマンがポケットに手をつっこんで歩いているのとおんなじせりふでもね、それの言い方というのはちがうんじゃないかと思います。声の出し方で。刀さして歩いていたら、のどからひょろひょろって物を言ったらおかしいでしょう。それは普通の人はわからなくても、本職はね、少なくとも、正しく……。昔どう言ったか正しいことはわかりませんよ。でもなんとなく感じでわかるもんですよ。お姫さまが裾ひきずって歩いていればね、「アラ、そう」なんて言うはずないでしょう。そういう厳しさというものが全然ないんですね。それがとっても悲しいことです、意地悪ばあさんとしては。」

せりふを覚えるには

――映画のせりふは、どうやって覚えるんですか。

「映画の場合は、はじめからしまいまで全部暗記しなきゃ、どこから撮るかわからないから。たとえば、「あしたここをやります」といって、そのシーンだけ覚えたってね、前後の関係がわかんなきゃ、声の出し方もね、どのような心理状態かもわからないです。ですから、全部その予定立てちゃうわね、一人で。きょう七十八シーンといったら、七十八シーンのときは、前はこういうことがあって、あとはこういうことがあって、そのときの夜だから、このぐらいの顔してて、芝居は十のうちの二つ出しましょうって、全部決めるわけですよ。ですからどこから撮られても、できるようにしないと無理ですね。

脚本を受け取ると、はじめ三回か四回か、ただ読むんですね。滝沢修さんもそういうふうにおっしゃっていますけど、ただ何回も繰り返して読んで、それから自分が、この「山田秀子」なら「秀子」をやるんだぞと思って、今度は、その人の性格を作っていくわけです。

それで、自分のせりふだけを覚えてもしょうがないのです。相手が「なんとかですか」と聞いたからあたしが「なんとかですよ」って答えるんであって、ただ「なんとかですよ」「なんとかですよ」って覚えてもだめなのです。ですから台本を、とにかく五百ページかなんか知らないけど、とにかく全部丸暗記するわけです。相手のことばはペラペラしゃべらなくたっていいんですよ、覚えている程度で。でも、自分のせりふというのは、完全に、自分じゃなくて「山田秀子」さんになっちゃわなきゃならないわけです。でも、今はそんなに厳しい仕事ありません。

監督さんによっては、その場で勝手にせりふを変えてしまうという人もいますね。号外といってね、朝、行きますと追加で出てみたりね、台本の訂正があったりする。そういうのにわたしは出ないことにしている。心臓に悪いから。くたびれるから。」

——トーキー以前は、セリフは問題にならなかったんですか。

「いえ、それでもね、ちゃんと台本はあるのですよ。せりふは全部あるんです。そして、しゃべるわけです。ただ、トーキーになって、そうですね、半分以上はだめになったでしょう、俳優さんが。みんな訛がある。すばらしい美人でも、トーキーになったらあしたからだめになっちゃったというのがありますね。男の人でもずいぶんあります。男の人で、訛があって、その訛が特徴として生き残った人というのは笠智衆さんぐらいじゃないですか。あと、いませんね。訛があれば、もうサヨナラでね。

今、イタリー映画なんかは、吹き替えをします。たとえば、イタリーの田舎のほうの訛だったり、それから声が悪いと、もうポンと吹き替えさせられちゃう。出演料がへるわけじゃありませんけれど、声を変えますよということが、もう契約書にはいっちゃってね。それで、ラジオの人だとか、その顔に似あうような人が一本全部アフレコする。そういうこともあります。あたし、ヴェニスに行ったときにね、イタリーの女優さんが来ていて、「あれは顔はいいけどね、声がほかの人だからね」というんで、「へえ」ってびっくりしたのですけどね。それはそうですよね、芝居がうまいけど、どうも声がよくないねという場合は変えるよりしょうがないですね。でも、日本では、そこまで考えないし、そんなにお金かけません。」

子役時代は、仕事がきらいだった

「でも、今のテレビなんか、本当に、ことばがひどいですねえ。なんの意味もなく遊んでいるような番組なんかね、若い人たちが。「そんでもってさあ」とかね、「わりかし」とかね。あたしは、やっぱり古いのかしれないけど、テレビというのは、やっぱり普通のね、ことばをしゃべれる人しか出ちゃいけないと思う。子どもなんかすぐ覚えるのですからね、変なことばを。そういう人はね、ちゃんとしたところに行っても、「わりかし」に代わるちゃんとしたことばをしゃべれませんよ。

そういう点、あたしなんか、小さいときからとてもことばが乱暴でね。というのは、小さいときから男の子役のほうが多かったのですね。それとね、学校が文化学院だったということ。文化学院というのは昔から男女共学のはしりで「おいこら」「なんだい」なんていって、女同士でも男同士でもやっていたものですよ。でもね、やっぱりこんな私でも、出るところに出れば「どちらさまでいらっしゃいますか」とか。――対談にしても、目上の人と話すときは、「それで先生、そのときどうなさいました」「それは困りましたね」みたいなことばを使うわけでしょう。そうすると、新聞なり雑誌のほうじゃ、つまりあたしの特徴を出そうと思って、「アラ、やんなっちゃうわ」「アラ、ソーオ」に変えてしまうわけです。それがデコちゃんらしいからというんで、向こうじゃ勝手にするのでしょうけれど、それは非常に私にとっては困ることなんです。ああいう偉い人を相手に、「やんなっちゃうわ」なんて、あの女、バカじゃないかって、すぐ言われますからね。そういうことがよくあってね。それで、それからは、もう必ず、ゲラを見せてもらうことにしたんです。」

――そういうことばの使いわけというのは、どこで身につけたのですか。やっぱりご家庭のしつけ。

「ご家庭、ないですよ、わたしは。ないというと変ですけど、わたしより無学な母だけで。私は小学校もろくろく行っていませんし、女学校も一年で、忙しくてクビになりましたし。ですから本当に耳や目から覚えた。それだけですね。

それと、小さいときからヘソが少し曲って背中のほうにいっているらしくて、批判的なのですね。それで人を見て、あ、立派な方だから、あたしもああいうふうになりたいわ、ああ、とてもこれはみっともないことじゃないか、あたしはこうはなりたくない、と思って、なんだか四十六だか七になっちゃったんで。

なぜそういう、子どものくせに批判的になったかというと、自分の仕事がきらいだったわけですね。自分の仕事にべったり惚れてないもんですから、あたし、こんなことしていいのかしらとか、あたしにはこの商売、本当はだめなんじゃないかとか、どうもおんなじことばかり、せりふ言わされて、芝居していやだとか、そういうことばかり考えて、いつ映画をやめるかわからないと自分で思っていたわけでしょう。だから、そのときに、人並みな口一つきけないいんじゃ、女優をとったらあとはかすが残りましたというんじゃくやしいと思いましてね。

それから私はとってても人ぎらいで、外へ出るのがきらいな性質なのですけど、たとえばこういう対談とか座談会とか、大きらい。知らない人なんかに会うのとってもいやだったけど、自分がそこへ出ていって、ことばの一つも覚えられれば、または相手がそういうちゃんと名前のある人ならば、なにか一つぐらい得るところがあるんじゃないかと。あたしは、ころんでもただ起きないほうですから、それでだんだん外へ出るようになったのですよ。それが今、役に立っている。

だから、何が幸いするかわかりませんけど、そのときに自分の仕事にべったり惚れちゃってね、撮影所の中だけで女王さまみたいにいばっていりゃ、それですんだかもしれない。その代わり、三十かいくつかになって、美貌衰えて放り出されたときに、やはり活動屋ことばしかしゃべれない、米もとげないような女じゃ、これは哀れじゃないですか。」

両立しなかった女優と学校

「あたしは十二、三の時、松竹から東宝にひきぬかれたわけです。その理由というのが、私はなんでもかんでも女学校に行きたいと思っていたのです。なぜっていうと、小学校は全然行っていませんから、せめて女学校はと、そればっかり考えていたところへ、東宝からうまいこと言われまして、女学校だけは責任もって卒業させるからというのにひっぱられて、東宝へひきぬかれてきたのですよ。

それで入学もできましたけど、全然行く暇がない。そのころはめちゃくちゃでね、いつも三本ぐらいはダブっていたのです。ですから、昼だか夜だかわからなくてね、ステージから外へ出ると、なんだか少し明るいけど、これは夕方か、明け方か、どっちかなんて、そういう生活でしたから。それで、あした休みなんて、もうくたくたに疲れてね、学校は行けませんね。学校に行ってまた何か覚えようたってね、いくら十二か十三だって、それは無理ですよ。また、一カ月に一度ぐらい学校へ行ったって、一つもわからないですよ、進んじゃってて。みんな校庭で遊んでいても、あたしだけね、この前いつ来たっけなんて、そんなことしているのばかばかしくなっちゃって。

それで一年たったときに、先生に言われました、「女優やるか学校に来るかどっちかにしろ」。どっちかにしろといったって女優やめたら月謝払えないから、結局、やめるよりしょうがないでしょう。それで学校やめちゃった。それならいまに見てろ。学校なんか行かなくても、口の一つぐらいきけるようになってやらあっていうんでね、まあ、人間って勉強しようと思えば、あたり見回したってなんでもあるもんですよ。そう思って。それは、しかし大変くたびれる。だれも教師がいませんから。「ホラ、ホラ、ここを見なさい、ここを見なさい」という人がいないでしょう。だからなまけていれば一年でも二年でもそのままたってしまう。やる気になったら一カ月で一年分のものを見られるかもしれない。これは自分だけの中の戦いであって、だれも指導してくれる人もなにもいなかったわけですよ。

でもね、あらゆる役をやりましたからね。そうするとね、みんなおんなじアクセントとかしゃべり方じゃだめなわけでしょう。学校の先生、看護婦、不良少女、お嬢さん、下町の娘、全部ちがいます、これ、ことばが。おんなじせりふでも言い方がちがう。そういうことで、少しは勉強もしたかもしれません。

それと、いわゆる一生もの、十七歳から五十五歳とか、十五歳から八十までの役とか。そういうものが非常に多かったですから。それが普通のお嬢さんがおばあさんになったときと、お酌さんがばあさん芸者になったときとちがいますよ。そういうことも少しは勉強になったかもしれないですね。」

――今の若い人がことばづかいや礼儀を知らないという、その責任は、どこにあるとお考えですか。

「子どもが一人前の口きいて、外に出しても恥ずかしくないようにするためには、家庭だと思う、どこまでも。ことに母親だと思う。なんて、自分に子どもがないから、そんなこと言いますけどね。でもそうだと思う。あたしは五つでもらわれてきたのです、今の親に。あたし以上に無学な母ですけど、ちゃんと人間の――動物でない、人間の――することは教えてもらった。物をもらったら「ありがとう」と言いなさい。「ごちそうさま」と言いなさい。活字のあるものをふんづけちゃいけない。それはちゃんと覚えています。絶対忘れませんよ。

この間ね、森繁さんと対談して、あの人、六冊も本を書いているけれど、公衆便所にはいったら、あまりきたないのでね、一生懸命、夢中になって掃除している人がいたから「よごれて大変でしょう」と言ったらね、「日本人なんていうものはチョンマゲつけて、野ぐそたれていればいいんだ、まだ」と言ったというの。本当にそう思うのですよ。駅のご不浄でもはいると、なにをこんなに一生懸命よごしていくのかと思って。デパートへ行ったってすごいですよ、女のご不浄なんて。恥ずかしくなっちゃう。本当にこれは野蛮人だなと思う。」

——公徳心に欠けるのは、社会の責任もありますね。日本では、他人の子どもに注意するような人は、あまり見かけない。

「注意なんかしたらお母さんに怒られますよ。「あんたの子どもじゃない」って言われますよ。外国では、ことにアメリカなんかではぶったたきますね、ひとの子でも。そうすると、親は、「どうもありがとうございます」といって喜ぶ。

それで、うちであまりしつけられず、学校へ行って「だからヨー」なんて言ってて、そして卒業してサラリーマンになるから、みんなやくざみたいになっちゃうのですよ。知らないもの、可哀想ですよ。

でも、せめて普通のことばを、一つ外国語のほうはあとにして、日本語を先に正しくしゃべれるようにならないと、これは外国に行っても通用しないですね。いくら英語が上手でも、日本人でいてね、日本のこと聞いて知らなかったり、日本語もしゃべれなかったら、やはりバカにされますよ。」

海外旅行と日本人

「だから交通公社の人、本当に大変だって言ってます、あの団体連れて歩くの。想像もつかないことがもち上がるというけど、それはね、知らないんだからね。東京も大阪も京都も知らない人が、田舎から乗りつぎ乗りつぎで羽田へ来てね、それでいきなりパリやニューヨークに行っちゃうんだからね。やっぱりいちばん困るのはね、けんかだそうですよ。飛行機が飛びたったとたんにヒステリックになる、エキサイトしちゃう。じわじわじわじわ、「あの人いやだ」とか、「この人といっしょの部屋にしてくれ」とか、それがいちばんいやだって。それと、女の世話させられることね。地方の人ほど、どこかに着いたらすぐ女。それも白人じゃなきゃいけない。そこまで交通公社やっていないというのですよ。あげくのはて、有り金盗まれたとかね。いちばんいやだそうですよ。

この間ね、香港に行ったとき、夜遅くホテルのエレベーターに乗ったの。そうしたら、二人乗ってきたの、男がね。話していて、「なんとかが十三階にいるから来いっていうから行こうと思ってヨー」「そうか」なんて言っているんですよ。一人の人は、不思議なんだな、パジャマの上にジャンパー着てんの。足ははだし、片一方の人は縞のパジャマ、デパートで買ってきちゃったんだな、これが。それがスリッパはいて、素足。それでエレベーター・ボーイは、もちろん広東人で。あたし、こういうふうにして黒メガネかけて、いやだな、恥ずかしいなと思ったから、「そんなかっこうで廊下お歩きにならないほうがいいですよ」と言ったのです。そうしたらね、「わかってんだよ、わかってんだよ」「わかっているんだったらどうしてするんですか。廊下は部屋の延長じゃなくて、外ですからね、そんなかっこうしてお歩きにならないほうがいいですよ」と言ったら「なにを」って開き直っちゃったわけよ。それが団体だったのね。「あなた、どこのグループの人」というから、全然知らん顔してエレベーター・ボーイのほう向いてだまっていたの。そうしたらエレベーター・ボーイが、変だなと思ったらしくてね、今、広東人でも日本人のことばの勢いみたいのでわかる。それで、あたしのいった階数じゃないところに、すっととめちゃったの。それであたし出ちゃったの。しばらくたって、またボタン押したら、そのエレベーター、すっと上から下がってきて、また上に上がってくれたけどね。そのときに、そのエレベーター・ボーイが知らない顔していたら、わたしはきっとなぐられちゃったでしょう。

それでね、そういうことを言った自分もいやになったしね、ああ、これだな、二度目にはだまっていましょう、知らん顔していたほうがいいんだ。よく電車の中で注意して、ぐっさり殺されるなんてあるけど、これなんだなと思って。それはね、「なに言ってやんだい」って言われたってね、その次から直してくれるならいいんだけれどね、なぐられるのはいやですからね。田舎の人ですね、そういう人がウワーッと三百人ぐらい寄って外国へ行くんだから、それは連れて歩く人は大変ですよ。」

——海外旅行の団体だけじゃなくて、外国で生活する場合でも、日本人は日本人だけでかたまるきらいがあるそうですね。

「どこでもそうですよ。ハワイはちょっとちがうけど、サンフランシスコでも、ロスでも、ニューヨークでも、日本人は日本人の集まる場しか行かない。軍歌うたって大騒ぎして、タコ踊りなんかしている。そこは商社の連中の行くところ。「あの人とは付き合わないほうがいい」とか。そんなことはね、「私たちは旅行者だから、東京へ帰るんだから関係ないですよ」と言ったら、いや、「あの人は評判が悪い」。評判いいか悪いか知らないけど、こっちがおもしろけりゃそれでいいんでね。そういうふうにしょっちゅう人のことをいっている。ちいちゃくかたまるんですね。日本人全体が、少し外側だけよくなりすぎたんじゃないですか。」

内助の功も

——外国へはよくいらっしゃるんですか。

「わりにしょっちゅう行きます。松山がテレビのシナリオの仕事やなんかで……これは本当に東京にいると忙しいのですね。思いきってハワイに行っちゃうのですよ。」

——ご主人のお仕事のお手伝いはなさるんですか。

「手伝いは十五年ぐらいやっていました。口述筆記。今はね、半年ぐらい前から、学生さんの口述筆記の人頼んでいるんですけど。ぶっつづけで十五年間やってきました。夜中ですね。だから自分の仕事はできないですね。一日に、書く日は二百枚ぐらい書きますから。書痙(しょけい)になって、手が痛くなってきたんですよ。それで、ちょっと年もとりましたからね、少しご辞退しますといって、今やめているのです。

結婚して一年たったらぶっ倒れちゃったんです、夫が。腎臓結核になったのです。それがというのがね、結婚したら、いっときに仕事がきちゃったわけですね。それまではシナリオもしていたけど、助監督で、足で飛び回って、運動がゆきとどいた商売をしていたのが、突然、脚本の注文がきたもんだから、今度は一年間、坐っていたんですわ。それで結核になっちゃったのです。それで、「坐ってものを書いちゃいけませんよ」と言われたのです。それであたしが代わりに坐って、彼は歩きながらしゃべるわけですよ。シナリオは、なんせ七百本以上読んでいるわけでしょう。ですからシナリオの書き方なんていうものはだれにも教わらなくてもできるわけですから。そうすると、せりふを聞いててね、この空間は点点点が一行か、点点点が五個か、そんなことはわかるわけでしょう。ですから向こうとしてはいちばん便利な、教える必要のない筆記者ですよね。ただだしね（笑）。」

――高峰さんのほうから、こういうセリフは直したほうがいいんじゃないかという助言などもなさるんですか。

「それは商売がちがいますから、しません。あたしは筆記者ですから。向こうは考える。そういうけじめだけはちゃんとしておかないといけない。よくそういうことを聞かれるのですけどね。そんな甘いもんじゃないですよ。そうしたら離婚ですよ、離婚。「出てけえ」だ。」

（聞き手＝編集部・風間耿子）

（『言語生活』一九七一年九月号）

典子ちゃんの天性と勇気に感動しました

サリドマイド児・辻典子さん主演、松山善三監督の映画「典子は、今」は封切りを前にさまざまな話題を呼んでいる。〝人間賛歌〟あるいは〝残酷な見せ物〟……。

とにかく典子さんには両腕がないのだから、代わりは足になる。勢い場面は足、足、足……お化粧も食事も、電話も筆記も足でやる。

それを見て、感動の涙を流すか、残酷だとして目をそむけるか、それは封切り後の〝勝負〟だが、今週はこの映画で裏方に回って働いた高峰秀子さん（松山監督夫人）の登場である。

＊

高峰さんは、五十年の女優生活で、初めて〝女優〟の付け人を経験したのだ。

残酷だ、偽善者だという批判は覚悟の上

――今回、高峰さんが果たした役割を説明してください。

「一応、名目としては助監督なんだけど、助監督の仕事はしませんでした。そんな大それたことも考えておりませんしね。私は典子ちゃんの演技指導と付け人でした。

演技指導はね、まず発声から始まって台本を何十回、何百回と読み合うのね、私がお母さん役になって。とにかく初めのころの典子ちゃんは、小さなくぐもった声で、え？ え？ と聞き返さなきゃ何を言っているのか分からないほどだったのよ。それをビシビシ特訓して……。

典子ちゃんは公務員だから時間もないでしょう。撮影期間は夏休みとか公休をまとめて取って五十日間。私はその前から、夜とか日曜日に彼女と会って教え込むのね。

大体、彼女が芝居の出来る人かどうか分からない。でもヤル気は十分にありました。私の言うことを吸い取り紙のように素直に受け入れ、努力して覚え込んでくれた。泣き出したり、あるところから進まなくなるんじゃないかと心配していましたけどね、そういうこともなく……すねない、疲れない、天性めげない人なんですね。

それまではお母さんと二人で生活していて、どちらかというとぼおっとしていたのが、

緊張感でみるみる締まっていって、最後のほうは期待以上に演じてくれました。

映画というのは細切れに撮影するものでしょ。でも今回は典子ちゃんが素人なので、ストーリー通りに撮っていったんですね。最後になるほど、美人になっているんですよ。付け人としての私は、文字通り典子ちゃんに付きっきりで、汗を拭いてあげたりズボンを上げてあげたり、彼女の手となり足となったわけです。スタッフは全員男の人でしょ。トイレの中で着替えることもあるから、どうしても女の人でなければ困るんですね。私は鬼のような付け人だったから、典子ちゃんもつらかったでしょうけど、私も大変でした。女優のほうがずっと楽ですよォ。」

――なぜ、そのつらい役目を買って出たのですか。

「今年は国際障害者年なので私の出来るボランティアを考えていたんです。いえいえ、別に監督が松山でなく他の方でも、自分の仕事としてやりましたでしょう。

いま撮り終えて、私の出来栄えは自分では分かりませんが、松山が「君がいなければ、この仕事は出来なかった」とお世辞を言ってくれました。」

――試写を見た人の間から、残酷だとか偽善者だとかいう批判が出ていますが……。

「覚悟の上です。私は三十六歳のときかな、「名もなく貧しく美しく」で主演をするとき、初めてろうあ者に会って感動したのね。その感動を知るだけでもいいと思います。もちろん気持ち悪いと思う人もいるでしょう。それはそれで、いろいろの見方があっていいと思いますね。

松山にしても、障害者を扱った映画は今度で五本目。偽善者とかエセヒューマニストとか言われても、「そうか」としか言いようがないでしょうね。」

見せ物にしたというが、じゃ誰がやるの

「ただね、「障害のある人を世間に見せるのではなくて、そっとしておいてあげるという思いやりがなければ」と発言している人がいましたが、これは絶対に反対ですね。そっとしておいてあげるって、誰がしてあげるのですか。典子ちゃんだって、人にみせないでそっとしておいたら、お母さんが死んだあとどうやって生活していくんですか。

典子ちゃんも言っていましたよ。「私は見せ物になってもいい。身障者は何も自分で出来ないとあきらめているが、努力すればこれだけ出来るということを知ってほしい。だから健勝者よりも身障者に見てもらいたいわ」って。

典子ちゃんを見せ物にしたというけど、じゃ、あの役を役者がすればいいんですか。私が両手をしばってやればいいのか？　どうでしょう、私はそれがいいとは思わない……。

典子ちゃんに初めて会ったとき、足でお茶を注いでくれたのね。不思議に抵抗を感じない、きれいだったわよ。あ、あんなことするのか、と思ったのはほんの初めだけで、いつの間にか足というのを忘れちゃう。

足、足、足の連続というけれど、手がないもん！　足でするより仕方ないでしょ。突っ立ってばかりいたら映画になりませんもの。撮影中に、私は典子ちゃんの衣装をかかえて、あっちへ走ったりこっちへ飛んだり、つい「典子ちゃん、ひとつぐらい持ってよ」と言ったら「手がないもん！」という答えが返ってきてね。

彼女は大変素直で勇気のある人よ。それはやはり、社会人の一人として熊本市役所で働いているという自信でしょうね」

――試写をご覧になった皇太子さまご夫妻は、どんな感想をお持ちになったでしょうか。

「ご夫妻は、前に私と松山の映画を三本も見てくださっているんです。だから、顔見知りというか……でも、今回初めてお二人とも目頭を押えておいでになりました。そして「感動しました。いい映画を作られておめでとう」って」

ボランティアだから私はほとんどただだよ

――封切りしたら、ウケるといいですね。

「私は、一本撮り終わると「お疲れさま」で終わり、あとはもうどうともなれ、という感じだけど、今度は典子ちゃんがとても一生懸命に頑張ったから、やっぱり多くの人に見てもらいたいですね。

仕事をして批判されるのは当たり前のことで、くさされるとそりゃあいい気はしないけど、といって姿勢を変えるわけにはいかない。人の言うことおっかながっていたら、仕事も出来ませんよ。

私はいままで恵まれた仕事をしてきたから、たまには奉仕の仕事もしなくちゃ。ええ、ボランティアですから、私はほとんどただよ。四十人のスタッフの人たちも、安いんです。よくやってくれたのよ。え？　松山ですか。ただじゃ私たち暮らしていかれないけど、正規にはもらっていません。

典子ちゃんはもちろんギャラなし、公務員ですからね。これでもらっていたら大変よ。世の中にはいろいろ言う人もあってねえ……」

――そこで高峰さん、今後のお仕事は？

「別に……いまはもう画面に出たいとは思いません。理由はないわね。一言でいえば飽きたということね。といって、偉そうに引退を宣言するほどの女優でもなし……五十年やっているとねえ……義理もあってねえ」

――では、当分は主婦専業ですか。

「主婦の部分はあまりしていないのよ、怠け者なので……。まあ雑文書いたり講演したり、対談や座談会に出たり、松山の原稿の筆記やお清書をしたり、スケジュールはぎっしりですねえ。不思議なのね、映画は一本撮り終わると、ポンと暇な時間が出来るけれど、いまはそれがなくて……。

自分で求めているわけじゃないけれど、何かしていないと寂しいのね、貧乏性なのよ。」

（『週刊読売』一九八一年十月十一日号）

なつかしいテリヤ

ボク……僕と君のボク、こんな親しげな名で呼んでたこの可愛いいエヤデルテリヤが、ついこの間まで私のペットでした。でしたっていうワケは、今はもう、このボクはこの世にいないのです。私がフランスに行く何月かまえに、私と別れて暮すのが辛いと思ったのでしょうか、ある夜ポックリと息を引きとって、お別れということのない国に行ってしまったのです。

フランスから帰ったばかりの今、新しい犬を飼おうなンて気もなくて、私のペットは未だにこのボクのように思っています。この写真は、ボクの元気だった頃の、なつかしいもののひとつです。

（『少女の友』一九五二年三月号）

巴里で買った私のブラウス

私の好きな色は黒とグレイ（灰色）です。

これは私が巴里に行ったからそんな色が好きになったのではなく、その前から自分の主調色は黒とグレイだときめていたのです。

巴里についたその日から、私の案内役をつとめて呉れたHさんは私をシャンゼリゼや、マドレイヌにつれて行って呉れましたが、その大きなショーウィンドの中をのぞいては、何でもほしい様な気になって、つい手あたり次第にいろいろなものを買ってしまいました。

お部屋に帰ってその買ったものを並べてみては、黒とグレイのものがいつでも一番多いのに我ながら驚いてし

まった様な訳です。

右頁の写真は白のブラウスにグレイのスカート。それに黒い薄手のスエーターで、このスエーターのボタンのつけ方が私には気に入っています。

右上の写真のはトリコットの黒のオーバーブラウスにグレイのスカート、それにギャバジンの黒のコートを着ています。手袋と靴も黒のスエード。

左上のブラウスは白のシャークスキンです。衿の後を立てて着るのですが、ゴワゴワした厚手のレースが衿にふちどってあるので、ちょっと女王様の様でいいな、と私は思っています。

ただそれだけのもので形としては平凡なものですが、私はこんな平凡なスタイルが上手に着こなせたらいいな、といつも考えているのです。

勿論手袋も白で、スカートはグレイです。

私がいつでも黒やグレイの同じ色のものばかりを着ているので——あなたはいくつこしらえても同じ様な色ばかりだから変りばえがしない——とお友達に云われる事もあります。

それでも私がいろんな色のものを着はじめたら、又それに合せるアクセサリーを皆それぞれに選ばなければならないし、その事で頭をつかうだけでも大変だ、と思うので、やはり私は私の好きな黒とグレイ、それに白を中心に考えてゆこうと思っています。

右上は黒のレースのブラウスです。支那服の様に小さなカラーが立っていて、前に小さなくるみボタンがたくさん並んでいます。

頸いっぱいの首飾りは真珠で、スエードの肱まである長い黒の手袋に、手に持っているのはやはりスエードの黒の小さなバッグです。このブラウスには黒いタフタの少し長いサーキュラー・スカートをはくと、ちょっとしたパーティーにも向くソワレ（夜会服）にもなります。

巴里についたしばらくはちょっとした買物狂になってしまい、毎日街に出て買物をしては一人で楽しがっていましたが、そんな風な手あたり次第の買物は、やっぱり目さきの変ったものに気をとられ、すぐあきてしまう様なものばかりでした。私はいやなものは目に見えるところに置いてあるのも嫌だし、持っていると云うだけでもいやだと云う妙な性格があるので、その頃買ったものはほとんどお部屋を借りている家の奥さんに上げてしまったりして今は何もありません。

黒いブラウスの上に黒と水色を裏表にしたカーディガンを着ています（右頁左）。このカーディガンの裏と表を色違いにするのが巴里では大流行です。二重になっているのですからあたたかだし、一枚で二通りに着られるのですからきっと皆に喜ばれているのでしょう。

私はあれもこれもほしくて、皆片面は黒ばかりですが、裏には朱と黄とグレイとワインカラーと金茶色と、そしてこの水色を買いました。

これはそのカーディガンの衿を折り返して着る様になっているのが私の気に入ったとこ

ろです。

それにしても日本に帰って開けた私のトランクの中が、黒とグレイの二色でうずめられているのには我ながら驚き、ほんとうに私はこの色が好きなのだと思い返しました。

巴里の若い人はよく黒いブラウスを着ています。

それも絹などではなく、木綿の黒いブラウスです。

何でもない事の様ですが、私のように黒の好きなものでもブラウスを黒にする事には気がつかなかったし、日本では黒いブラウスを見た事がなかったのは不思議に思えました。

そして私は巴里に居た頃、その黒いブラウスがすっかり気に入り、衿の形の少しずつ変ったのなど、幾枚も買っては楽しんでいました。

巴里の人はあまりお風呂にも入らないそうだし、それに洗濯代がものすごく高いのですから、そんなところから黒いブラウスをよく着るのでしょうか？

それはどうだか知りませんし、私はお風呂に毎日入っていますが、とに角黒いブラウスを私はすっかり好きになりました。

この写真では胸に赤い桜んぼを飾っています。

（『それいゆ』一九五二年三月一日号）

わたしの暮し

わたしの笑顔

笑う芝居の方が、泣く演技よりずっとむずかしい。ことに普通写真の場合、顔の下半分を手のひらでかくしてみると、完全に笑っている眼というのは案外少ない。私はあんまり心から笑うことがないけれど、この写真は八分まで本当の笑い顔のようだ。

わたしの食事

仕事のセリフをおぼえること。これは机に坐って本をひらいていざ！　といって、おぼえられるものではない。かえってウルサイ食堂や、セットのすみっこや、お風呂の中が私のその場所である。この写真も撮影所の前の食

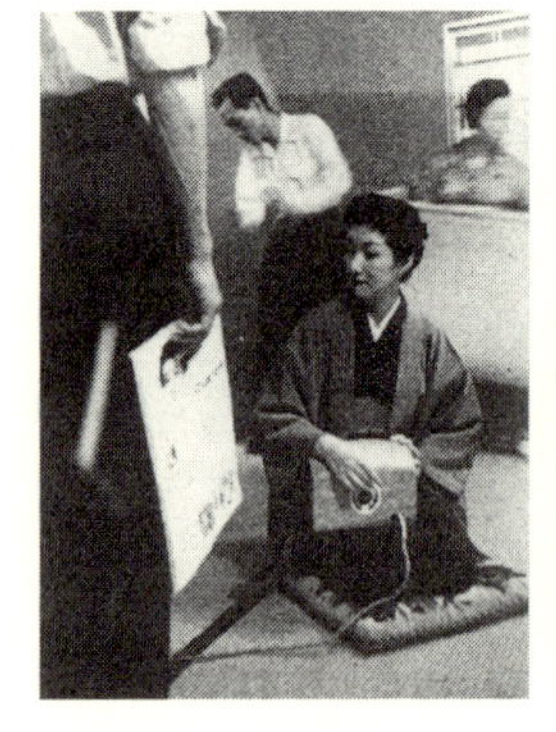

堂で、やき飯を喰べた後の顔である。越路吹雪氏や久慈あさみさんの顔が見えるが、お互いにほったらかし、決して話しかけたり、大声あげるような無神経な仕業はしない。

わたしと広告写真

広告写真は、印刷その他の関係で、冬には夏のきもの、夏にはごらんの如きあわせに羽織ということになる。ニッコリ商品を片手にラクなショウバイと思うと大まちがいである。

私は大体このごろは、あまりこういう写真を撮らなくなった。お芝居をするのは、映画だけで、せい一ぱいだし自分は美人でないことが、いよいよ判ってきたからかも知れない。

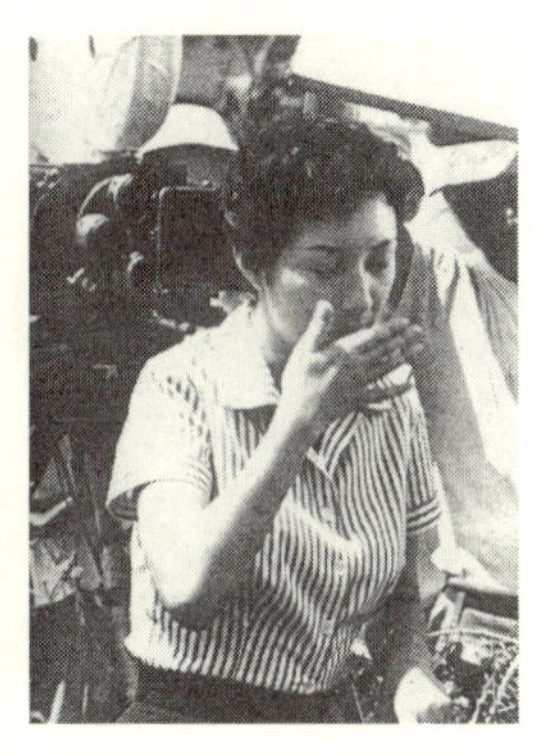

わたしの仕事

なんだか知らないが、すごく不機嫌な腹立たしい顔つきである。これが仕事をしているときの本当の私の顔でもある。おまけにこの日は暑かった。今年最高の温度で、ロケーション撮影だった。頭から湯気がのぼり、足まで宙に浮くように苦しかった。なけなしの鼻の下の汗をふきながら、カンネンのまなこをとじる私の顔である。

わたしと電話

私は用件以外の電話には出ない。けれど電話のベルはしょっちゅう鳴っている。朝から夜半まで、いたずら電話がかかるそうである。受話器を取るとガチャンと先方で切ったり、よっぱらいはゲラゲラ笑い、夜半のベルは執拗に鳴り続いている。どういう人がこんな電話をかけるのだろう。何のため、何が面白くて、まことに判断に苦しむのである。

わたしとおそば

私の家の近所に、おそば通には有名な或るおそば屋さんがある。お客さんにはだから、きまったようにこれを御馳走する。たいていは、喜んでくださるようだし、おひる時、これを目当てのお客さんもあるようである。

わたしのめがね

近眼は不便だけれども便利な時もある。男も女もボウッとかすんで非常に美しく見えるし、仕事の時もキャメラのまわりに集まったスタッフの顔はのっぺら棒にみえて、チットも気にならない。その代り人まちがいの失敗や自動車にひかれそうになったりすることは度々である。そうかといって、眼鏡をかけて一日歩いてみるとあんまり何でもはっきり見えすぎて疲れてくたくたになるとい

う厄介な近眼である。

わたしの手紙

机は立派だけれど、私はあまり手紙を書かない。手紙は便利だけれど思ったよりごまかしのきかないものだ。お世辞や大げさな言葉のつらなった手紙は破いた後も後味が悪い。いい手紙の書ける人になりたい。何時(いつ)までも取っておきたいような手紙をかける人に。

（『知性』一九五五年十月号）

以上撮影・秋山庄太郎

ミンクのコート

寒い。日本の冬はそんなに寒くないというけれど矢張り寒い。銀座通りを歩くハイヒールの靴音までが冷たく固い。通りすがりの豪華な毛皮屋さんのウインドウがこれ見よがしにあたたかそうである。

私は此の頃毛皮をあまり着ない。高価すぎることもあるけれど、ある小さな思い出が私をゼイタクな気持にしないのである。そう、あれはミンクの七分コートを作った時のことだった。そのコートは約束の日より遅れて出来上がったので私は少し腹を立て乍ら受け取りに行ったのであった。ドアを押して、私のコートをみる、ステキ！　だった、私の思う通りにそれはスマートにかわいく仕上がっていた。せっかちの私はその場で肩へひっかけて上機嫌で外へ出た、車に乗って、改めてエリから胸へと手を滑らせて柔かい感触を楽しんだ、オヤ！　サテンの裏にはつまみ細工のふちとりでポケットまでついている、あ、ポケットに何か入ってた、それは、小さな結び手紙だった。私は一寸不審の気持でその結びを解いたのだが……。

「高峰秀子さま。私は毛皮のお針子です。このコートの出来上がりが遅れましたことをどうぞお許し下さい。実はあなたの御注文ときいて私は一生懸命にこのコートを縫いました。三十二枚の毛皮を一枚ずつ心をこめて縫い合せお気に召すようにと祈るような気持で作り上げました。私の縫ったコートを着たあなたを一目みたいと思っていますが、工場は忙しく、夜ひる毛皮にまみれて働く私にはその希望は夢でしかないようです。コートは今日私の手をはなれます。どうぞこのコートがあなたをより暖く包んでくれます様に――。あなたの一ファンより」優しい字の鉛筆の走り書であった。その人は出来上がったコートを前に、工場の裸電球の下で、あわただしくこの手紙を書いたのだろう。コートを送り出したその人は今はまた次ぎの仕事のために毛皮にまみれていることだろう。そして私は、その人の丹精を無雑作に肩にひっかけて、車に乗ってぬくぬくと銀座を走っている。

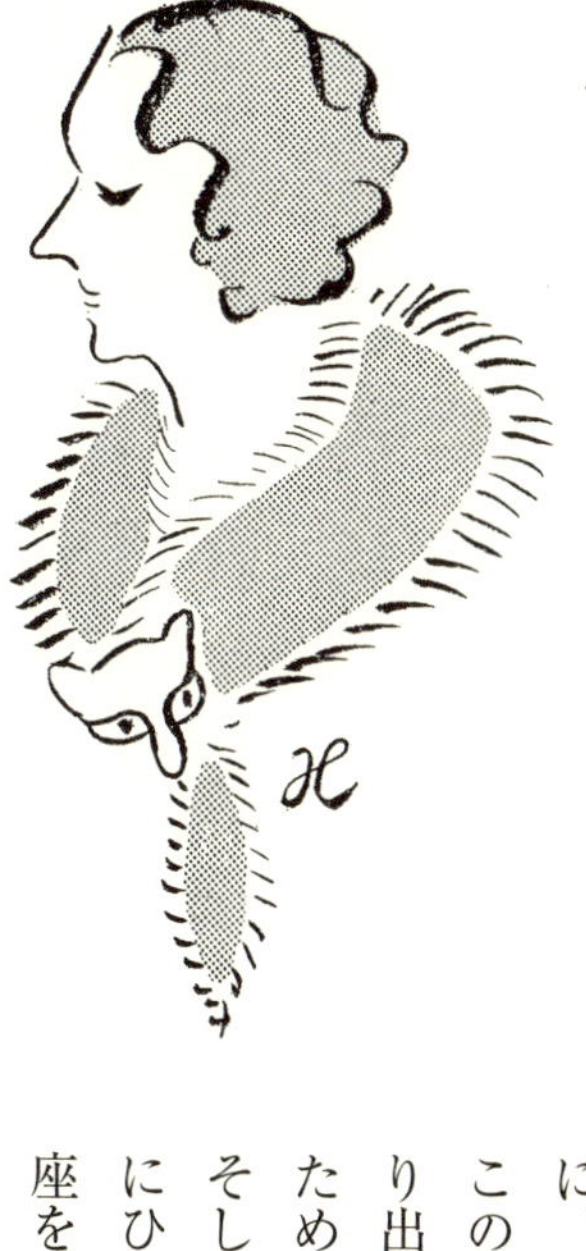

絵・高峰秀子

この毛皮はきっと一心に縫う彼女の指

を痛めたに違いない、そうしてその優しい手紙とこの温い毛皮が計らずも私のゼイタクすぎる思い上がった心をたしなめてくれたに相違ない。

私は何だか忘れていた大事なものを思い出したような感動で一ぱいになりながら、ぼんやりと車にゆられていた。

（『銀座百点』一九六一年二月号）

谷崎松子様へ

今朝、無事にお便りとクッキーとつくだ煮、頂きました。いつも〳〵ありがとう。お天気さえつづけばあと一週間位で帰れると思います。松山は東京でせっせと書いています。夫婦共かせぎはいいけれど、どうもみんな外国旅行で食べちまうことに使うらしい。そして太っちゃって仕事に入るとダイエットに苦しむんですから全く無駄みたいなものですね。

カツレツちゃんにも会いたいし、恵美子さんのお母さん振りもみたいし、気ばかりあせります。

仕事が一段落して熱海のお湯にのんびりつかりにゆきたい。これが只今の希望、こんなに働いて何故やせないんでしょうね、シャクだ！

では今度こそほんとにさようなら。

ママ

秀子

（『プレイグラフ』一九六二年五月号）

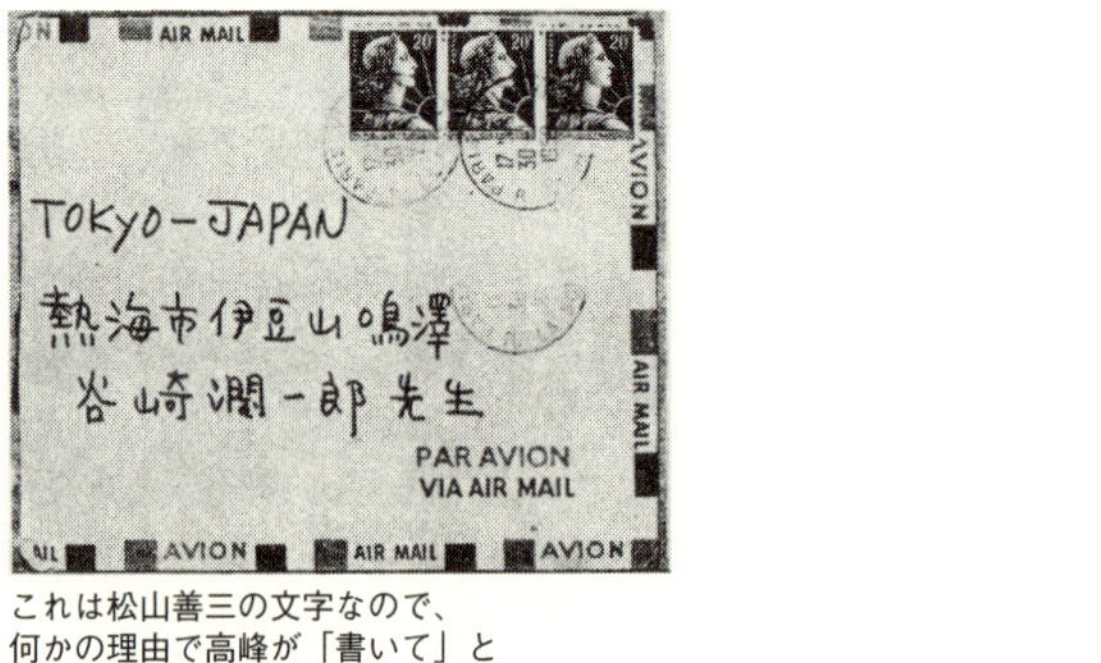

これは松山善三の文字なので、
何かの理由で高峰が「書いて」と
頼んだものと思われます。（斎藤）

村上華岳の仏画

これはね。もう十年くらい前になるかしら。お仕事で京都に行ったとき、ときどきよってみる顔見知りの骨董屋さんにフラッと行って見つけたんですよ。

思い切った黒地に、金の線描きという図柄が変っているうえ仏画としては動きがあるし、どことなく色っぽくて、やさしい感じがしたもんで、つい買っちゃったんです。つまり気に入っちゃったってわけ。

それにいま一つは、家に仏様というものがなんにもないでしょ。その仏様がわりというつもりもありましてね。ていさいだけは、もともと茶掛になってたのを家が洋間だもんで、後から額装にしちゃったんです。

これがね、いつの間にか知れちゃってね。二、三年前だったか、村上華岳の遺作展をやるとかで借りに来たんですよ。それまではいいんだけど、後から「こりゃあやしい」ってわけで返されちゃいましてね。

それでいつか武者小路実篤先生に会って聞いたら「証拠になるハンコだって、画家というものは、一つでなくたくさん持ってるから、いちがいには見わけにくい」とのことでね。こうなると、出戻り娘みたいなもので、よけいはなしたくなくなっちゃいましてね。見ているうち、だんだんとよくなってくるからみょうですよ。つまりは私さえ好きだったら、どうってことないわけね。

（『アサヒグラフ』一九六三年三月二十二日号）

仏の像（村上華岳　32×26.5cm）

紬（つむぎ）の訪問着　私の選んだ一枚

私が和服を着はじめたのは二十歳をちょっと過ぎた頃だから、かなり遅い。それも突然和服に興味を持ったわけではなく、ある夜、湯タンポを蹴とばして足首を火傷（やけど）し、それが潰瘍（かいよう）になって片足が象の如くはれあがったのをかくす算段にあわてて和服を着はじめたのだった。その頃は農家の娘が田植えのときに着る厚い木綿のニコニコ絣（かすり）に赤や黄の半幅帯（はんはばおび）をしめ、それが分相応と自分でもちょっと得意になっていたのだが、三つ子の魂なんとやらで、以来、固い着物一辺倒になってしまったらしい。私は生まれつき土臭くできているのかどうしても友禅やひとこしの、いわゆる美しい柔らかい着物が似合わない。それに私は主婦でもあるけれど職業婦人？でもあるので、洋服にしても和服にしても衣裳と名のつくものはほとんどが仕事着であるとも言える。「御商売柄いろいろな衣裳が着られて楽しいでしょうね」などと他人（ヒト）さまに言われるが着るのも仕事、好むと好まざるとにかかわらず常時、衣裳の新調をしなければならぬのは、ことに和服は高価になるばかりで、楽しみを越えて苦しいばかりである。

ざっくりと着られて、雨にも強く、あまり手をかけないですむ和服となると、やはり紬(つむぎ)におちつくようで、私は何十年来どこへ行くにも紬で押し通している。結城紬はゼイタクなものだけれど、常識として「よそゆき」には通用しないとされているが、私は常識を度外視して結城の一ツ紋やつけ下げを着ている。

着物を着るのに理屈はいらないが、もし心がまえのようなものがあるとすれば、私は女らしくも男らしくも奥さんらしくも女優らしくもなく、しろうとでもくろうとでもない、なんとなく「正体不明」のような着物を着たいと心がけている。なにしろ和服は顔だけ残して全身をスッポリ包む衣裳だから、考えてみれば洋服よりむずかしい。よく海外で和服姿が人気を呼び、「美しい美しい」と言われて得意になったりするけれど、それは「和服」が美しいのであって中味の人間がほめられていることではない。ということは人間が着物を着ているのではなくて、着物に着られている、という証拠である。私自身のことをいえば生まれつき平凡な顔を着物の個性にふりまわされぬように気をつけるだけでせいいっぱいというところだろうか。なにごとも「過ぎたるは及ばざるが如し」とか、「着物は着るもので、着られてはならない」ということだけは忘れてはいけないと思っている。

近頃のパーティやおよばれは、ほとんどがホテルの大広間などの洋間が多くなってきた。

豪華な照明と大勢の人の中で着る和服は、当然、遠見のきく「立ち姿」が効果的な色や柄にと条件がかわってきたようである。

（『ＥＸＣＥＬ』一九七二年秋号）

住まいは展覧会会場にあらず

わたしにとって住まいとは、ゆっくりと落ちつける所。本当に自分が楽しめる所……。わたしはだいたい外よりうちの中が好きで、コチョコチョ大根の皮でもむいているほうが好きな人間なのです。

見せるインテリアより使うインテリアを

家具 うちの骨董屋のような家具は、松山と結婚する前からだいたい揃っていたわけ。だから意見が合わないいったって、全部取りかえるのは大変なことでしょう。結局松山も古いものが好きだったたし、意見はいや応なく一致したの。全部バラバラに買ったわけですが、これだけ古くなっちゃうと、古いもの同士がわりに仲よくなっちゃって自然なんです。

日本の家具、特に椅子は、見た目にはいいんだけれど、本当に座ってみると疲れるのね。だから、いったい日本人の誰に、どのくらいの人に合わせて作っているのかいっぺん聞いてみたいと思うんだけれど……。最近は皮かビニールかよく知らないけど、フワフワしているのが流行しているんじゃない。座って楽なのね。だけど日本みたいな湿気の多い所じゃ、くっついちゃって、とっても気持悪いし、女性のミニスカートだとものあたりがくっついちゃってね。それで立ち上がろうとするとバリバリと。日本にはあまり合わないんじゃないかしら。やはり日本にはデンマークあたりのものが合うんでしょうね。

腰かけは腰をかけるためにあるんでしょう、だから腰かけて楽なのがいいわけ。外国では自分の椅子というものがありますね。自分の茶碗があるように。日本の応接セットというのは、あまり自分は座らないで、お客さんがきた時だけで、自分の座る場所は決っていないよう。それにセットで売っているし。わたしもソファだけ買いたいと思ったことがあったんですが、絶対に売ってくれなかった。気に入らないものまで買うなんてバカなことでしょう。

照明器具　こんな古くさい家は、螢光燈はだめですね。食べものの色もきれいに見えないでしょう。日本でも部屋全体の照明から、それぞれのコーナーで役割をはたす部分照明になってきましたね。自分の目にあった明るさがあればいいんですよ。こういう古い家だったら、飾りのある器具もいいけれど、普通はあまり飾りのないほうがよいみたいですね。

じゅうたん　うちのじゅうたんの部分敷きは誰かがコーヒーをこぼしたので、しょうがないからあそこに乗っけてあるだけ。これだけへんな形の家だと、織ってもらわなきゃならないから、全部取りかえたら大変でしょ。外国ではじゅうたんというのは、半永久的なもので財産の一つとしてお金もかけるけど、日本の場合はスリッパというものをはくし、気分を変えるためにたびたび取りかえるから、あまり高いものは必要ないんじゃないの。

壁紙　壁紙は嫌いじゃないけどもあきると思うの。でも、今度家を造る時は、思い切った壁紙を貼ったり、あきたら何度も貼り直してみようと思うの。突然オレンジ色になったり突然ブルーになったり、もう生きているのにあきたから、そんなところで変化をつけたりして……。日本製でもずいぶんいいのが出てますね。帝国ホテルのアーケードなんかでよく見かけますよ。

カーテン　カーテンは二年に一度くらいは取りかえたほうが気分が変わっていいんじゃないかしら。カーテンというのは倹約しちゃだめね。不思議なものよ。それにどっしりした生地のほうがいいの。日本人はあまりカーテンに裏をつけないけれど、できれば裏をつけたほうがどっしりとして重々しく見えて、しっかりするものなの。

食器　食器は物を入れるということを考えて買うべきでしょうね。中に物を入れると引き立たなくて、汚ならしく見える物があるんです。だから観賞用と、食べる食器は全然違うということを忘れずに。わたしは中国、日本の古いものが好きですね。ビフテキなんか食べるのでも、色鍋島とか伊万里とか。うちには洋食のお皿は白いセットが一つあるくらいで、あとはみんな日本のもの。それもピンからキリまでめちゃくちゃ。

花を生ける　わたしは花が好きだから花器はたくさんあるの。昔は花も安かったから、やたら大きな花器ばかり集めちゃって。このごろは花が高いでしょう。それで三日くらいしかもたない。だんだん小さい一輪ざしみたいなものを集めるようになっちゃって。わたしは日本間があまり好きじゃないけれど、日本間がいいなあと思うのは、ポン！と一輪ざしの花が生きるでしょう。西洋の花というのはバサッ！と入れるだけで、へんに形づくった盛花はおかしいしね。だから椿かなんか一輪生けたいから日本間が欲しくなったの。

わたしのお花の生けかたは、むしっちゃ投げ入れ、むしっちゃ投げ入れというひどいものよ。ただ入れるだけ。お花は日本の花で、秋は秋草オンリー。菊とか、ききょう、あかまんまを入れたり。ただし一輪はおかしいのね。何十本と入れなきゃならないの。日本の花って少ないのね。一年中あるのは菊ぐらいで、あとはユリだって一年中はないし。お正月はまっすぐな松に水仙をちょっちょっと入れるぐらい。うちの中が茶色とかベージュとかのような色だから、なんてんのようなまっ赤なものは合わないみたい。大きな菊をあんまりたくさん入れるのも、お葬式のようになっちゃうし、誰か演説しそうになったり、校長先生が出てきて勅語を読みそうになってしまうし。

春はけしがいいですね。オレンジ色がね。しかし、まっ赤なカーネーションなんかいただくと、なんだか他人のうちみたいになっちゃってね。ここまで頑固になっちゃいけないと自分でも思うんだけど。

絵画　このうちにはモダンアートは絶対合わないでしょう。かといって西洋のまがいものはいやでしょう。いちばんお金がかかるのは絵じゃないかしら。自分の好きな絵で買いたいと思っても、まったく自分の財布とは合わないものね。欲しいのはたくさんあるの。うちは梅原龍三郎一辺倒ですけれども梅原先生のだって、もっと何百万も出せばいいのがたくさんありますしね。油のがね。でも買えないの。絵は投資買いする人もいるでしょ。新人の買っておいて、安井賞なんかとればぐっと値段が出るんじゃない。それに進物用として贈るのもふえているし。

外国ではみんな本当に絵が好きですよ。日本でも外国並になってきたというのは、それだけ洋間に住むようになったということでしょう。洋間の壁に何もないのは、へんなものですから、やっぱり絵を飾るというのは、インテリアに欠かせない要素の一つでしょう。若い人がポスターを買うのは、高くなくて、でっかくて、家のアラかくしみたいな所があるんじゃないかしら。

うちの食堂には、額のかわりに絵皿をかけているわけ。自然に集まっちゃってね。この中には百円のものもあるし、飾る価値のないものもあるけれど、自分が世界中で好んで買ってきたのだから、一枚一枚に思い出があって楽しいわけよ。

鏡　鏡というのは普通の家になさすぎるのね。日本人は歩き方が下手でしょ、男も女も。あれは靴も悪いのでしょうが、椅子に座る生活になれた若い人でも最低な格好している。下向いて申し訳ないみたいな姿勢で。あれは鏡がないからよ。至る所に鏡があって、自分の姿が見えたら少しは気をつけるようになるでしょうね。日本人がハワイや香港にいっても中国人と日本人の区別がつかないでしょう。でも、一歩歩き出したらすぐわかっちゃう。小学校の体操の時間に歩き方なんか教えればいいんだけど。

置物　わたしは置物というのに全然興味がないの。あるものはみんな使うという主義だから。マントルピースの上に人形など置いてる人いるでしょう。ああいう趣味は全然ないの。でも、もし置くんだったら、埴輪(はにわ)か文楽の人形の、どっちか一つすばらしいのが欲しいけど。これも値段が折り合わないから買わないだけ。写真もなければ賞やトロフィーも飾らない。賞は六十くらいもらったけど、あれはもらった時には過ぎちゃっているし、本人のはげみになるというだけのもので、人に見せるものじゃない。松山も五十くらいもっているけど全部三階の物置にしまってあるわ。

灰皿に豆腐を入れる買物のコツ

たとえば食器類にしても、自分たちの使うものを楽しむということで、お客さまのための物をたくさん買い込んでしまっておく時代ではないでしょう。だから、わたしのやっているお店でも、コーヒーカップ半ダースとして売らないの。一つでも二つでもお買いなさいと。お客用に六人分のセットがあって、その他に自分たちの気分を変えるために、三通りも四通りもあったっていいし。だからうちでも食器類はしまってあるという物がないの。なんでも使ってしまうの。

わたしは灰皿を灰皿と決めないし、どんぶりをどんぶりと決めないで、自分で自由に使うことにしている。きのうは灰皿だったのに今日はお豆腐がはいってたりしてもいいじゃないの。だから買う時に、これは灰皿と何と何に使えるということで買えば、三つの物が一つでいいわけね。椅子や着物を買うにしても、自分で腰かけたり、着てみたりしないでデザインや柄がいいって買っちゃうと、あとで他の物と合わなくなっちゃうのよ。

骨董品でも、いくら気にいっても、キズのあるものや、欠けているものは使えないでしょう。だからそういうものは絶対に買わないことにしている。それから、おっことして泣きを見るような高価なものは使わないというふうに割り切っちゃっているんです。うちの中に飾ってあるものと、中身がはいって出てくるものが全然違うというんじゃなくてね。展覧会やってるわけじゃないんで、やっぱり自分で楽しむものを、いちばんぜいたくに使うことね。でも、これも子供がいないからできるんじゃないかしら。子供がいれば、やはり「ダメ！」なんてしかったり、手のとどかない所にしまったりするかもしれませんし。

合わないものはすっぱり処分する

うちに骨董品が多いというのは、いまさらモダンな物を入れても、とても合わないからです。ですから、お贈物に花器やコーヒーセットなんかいただいても、そのセットはとても上等ないいものでも、わたしのうちでは使えないんです。そういう時は、思い切って人にあげちゃうんです。それを嬉しがってためていると、バラバラの趣味のうちになってしまって、統一がとれなくなるから。

人にもらったものを処分する。これは大変な決心がいるの。くださる以上は一生懸命吟味してくださるのだし、もらったことは嬉しいけれど、それと自分が飾るということは別だと思いますね。わたしは本なんかもいらなくなったら捨てるか、欲しい人にあげるの。洋服も小さな洋服ダンスしか作らないで、それから一着でもはみ出したら、他の一着を整理する。仕事柄、洋服はたくさん必要だけれど、それをため込んだら大変なことになる。

なんでももったいないと思っているから、物置の中に住んでるみたいになっちゃうんですよ。これからはだんだん整理して、死ぬ時は心残りのないように自分が本当に気に入ってるものだけを少し集めるということね。

家具類も本当は一生ものを買うといいんでしょうが、いまは着捨てる時代だから、あきたら捨てちゃえばいいでしょう。

庭のある家の時代は過ぎ去った

どんな小さな家でも土がある……日本人は土がないといやな人が多いのね。だけども、こんなに忙しい時代に、東京のようなにぎやかな所で土を持つということは不可能ね。ぜいたくでもあるし、だからこれからはだんだんマンション暮らしが多くなるのがあたりまえでしょう。わたくしもマンションじゃなくても、鍵一つで出入りできる、小さな家に住んで、緑が見たかったらどっかへ行くというようにしたい。一戸建ての家はお金がかかるわね。植木屋さんだって月々十万円ぐらいはかかるしね、自分で庭を見てる暇もないし、かといって、放ったらかしにしておけばお化け屋敷になるし、壁が汚れた、雨戸がガタピシいってる……でしょっちゅう職人がはいるでしょう。好むと好まざるとにかかわらず、自分の家を持っているとお金がかかるわ。

これから住まいを変えるなら、小さくて、座っていてすぐ手のとどくような、無性ったらしい家を造りたいの。でも、マンションは天井が低いのがいちばんいやね。なにかオリにはいっているような気がするの。リビングと食堂を一緒くたにして、小さな台所をくっつけて、玄関も小さくして、広々とした所にいきたければホテルへ行くわ。でもこの家の家具ははいらないわね。一度手放したら、もう手にはいらないし。でもやっぱりこういうものが好きだから、新しい家具というわけにはいかないし、一つ一つ身の回りのものを少なくしていって、死んだ時に二円五十銭くらい残っていたら理想的ね……。

（『婦人画報』一九七一年一月号）

ごきげん亭主

一見オットリしてるようで気短かで……

セッカチで、あわてもので、早い話がオッチョコチョイなのよ。寝まきなんか平気で裏返して着ていたり……これから出かけるという寸前になって、あれがない、これがないぞって大騒ぎ。何か探してまるで熊のようにうちじゅう歩きまわっているわね。「おまえがかくした、またおまえがどこかへやった」と毒づくの。

正義漢でユーズーがきかない……

これはもう昔からそうだわね。一度いい出したら、もう……。このごろますます、その傾向が強まって来たんじゃないかな。自分では、年を取るに従って物わかりのいい好々爺になるぞ……とかなんとか、口ではそういってるけど実際は反対ね。仕事のことはお互いにまったく口出しいたしません。相談されれば、もちろん意見をいいますけれども……

二人そろって、基本的に飲んべェ

くつろいで、一番落着いて飲むのは寝る前。十二時、一時まで仕事をしてそのあとね。ウイスキーかブランデーが多いわね。もちろん夕食のときも……そのとき和食なら水割り、フランス料理ならワインをいただきます。ビールは湯上がりにグーッと一杯、それからウイスキーというコースがふつうかな。調子がよければサントリーオールドを三分の一瓶。私も同じくらい。だからオールド一瓶が二日もたないの（笑）……結婚前は私は一滴も飲まなかったのに。

松山はたいへんな「野菜食い」

寝る前だから軽いもの、カマンベールとかスモークサーモンとか……それと生野菜。丑どし（うし）のせいかしら、大井に山盛りのサラダを一人でかかえこんで食べるの。ドレッシングは結婚以来十何年ずっと私が作っています。レストランのは酢が強すぎるっていいますので……。うちの味になれているのね。

（サントリー・メモ——＊高峰秀子さん特製のドレッシングは酢を使わずにレモンとオイル、それに生にんにくをすりおろしてほんのちょっぴり、それからタバスコ少々。フレンチドレッシングの高峰流バリエーションです。さっそくあなたもお試しください。＊ドレッシングはミセスの愛情。これだけは必ず手づくりで。その都度、食べる直前に作るのがおいしく仕上げるコツ。）

三百六十五日、飲まぬ日はなし！

おしゃべりしながら二人で飲んでるとついつい二時、三時。話題はその日にあったことから過去へ行ったり未来へ行ったり、ついにはお棺の話まで出たりね……一番のサカナは人の噂かな。ケンカ？　しますよ。怒り出したらなおるまでほっとくの。「ひでさん」とあらたまって呼ばれたら要注意。機嫌がいいと「おひで」。毎晩毎晩飲んで夜ふかしして、朝は二人ともだめね……

（ご主人の奥さま評——反論？　ないね、別に。すべて認めます。どうせ何をいわれたって私は私で思う通りにするんだから。注文？　してもムダでしょ、なおるわけじゃないし。ま、一言いえば「飲みすぎ」だね。）

（『主婦の友』一九七二年五月号）

高峰秀子の酒の肴　自慢の初冬向きメニュー十三品

食べることがなによりも好きな女が、それを上回る食いしん坊の男と結婚。夫婦ともに酒飲みで、集まる人もお酒をたしなむ。主婦たるもの、酒の肴の二十や三十は頭になくては務まりません。時間のかかる、めんどうなものはだめ。買いおきのあり物で、さっと作った三点を、好きで集めた、中国の古い食器に盛ってみました。

ひき肉のレタス包み

冷蔵庫には肉と野菜が少しだけでも、ごちそうに見せる手がこれ。手巻きの楽しさが、好評です。

しょうが、にんにく、赤とうがらしのみじん切りを、サラダ油とごま油でいためひき肉（豚、鶏、牛どれでも）、ねぎのみじん切り、なすの角切り、その他ピーマン、しいたけ、もやし、なんでも順にいためて、酒とオイスターソースで濃いめに味をつけます。熱々を、レタスに包んでいただきます。

中国風冷ややっこ

木綿どうふ一丁は、よく水をきり、深めの器に入れます。ねぎかあさつき、赤とうがらし、にんにくのしょうゆ漬け（生のにんにくでも）、搾菜（ザーツァイ）のみじん切りをたっぷりのせ、酒、しょうゆ、ごま油、辣油（ラーユ）を合わせた汁をかけます。

きゅうりの中国風あえ物

きゅうりは皮を縞目にむき、ビール瓶などでたたいて斜めにザクザク切り、しょうゆ、酒、辣油（ごま油と豆板醬（トウバンジャン）でも）、おろしにんにくを合わせたものをかけます。

*

ハムサンドイッチ

夫ドッコイはワイン好き。グラスも、どこかで一個だけ買ってきた夫専用です。ワインというと、えらくしゃれた肴を考えてしまうようですが、これもなんのことはない簡単料理。ただし、マスタードは本物でないと、いけません。

粒入りのフレンチマスタードとドライエストラゴンをすり鉢ですりまぜ、厚めに切ったボンレスハムにたっぷり塗り、サンドイッチにします。一口大に切り、クレソンをあしらいます。

きょうはパセリのみじん切りを入れ、ハムが薄すぎたので、三段にしました。


夫婦そろって自由業の夜型人間。夫ドッコイの仕事が一段落して、書斎から出てくるのは夜中の十二時過ぎ。それからふたりでゴキブリのごとく台所をあさり、酒宴が始まります。眠いは食べたいはの三分料理。思いつくままに並べてみました。

たいのこぶあえ

ただのさしみじゃ、つまらないし、こぶじめにする時間もなしで、考えついた即席こぶじめ風。

たい、ひらめ、すずきなどのさく取りを細く切り、市販の刻みこぶ（甘みのないもの）とあえます。器に青じそを敷いて盛り、しその実を散らします。わさびじょうゆをつけていただきます。

あさり酒蒸し

夫ドッコイの好物。日本酒にも洋酒にもいいものです。これと、あじを酢につけたものがあれば、ごきげんです。

あさりは、薄い塩水につけて砂を吐かせ、土なべに入れ、酒を適当に振りかけます。あさりに塩けがあるので、塩味はつけません。蓋をして火にかけ、蒸し煮にします。貝の口がみな開いたら、あさつきの小口切りを散らし、土なべごとテーブルへ。

蒸し汁が特においしいので、残さず飲んでください。

菊菜と黄菊のあえ物

なんでもない一品ですが、色のとり合わせといい、いかにも秋のふぜいがするでしょう？

菊菜（しゅんぎくを秋にこう呼びます）は塩少々入れた熱湯でゆでて水にとり、かたくしぼって食べよく切ります。黄菊は花びらをむしり、塩ほんの一つまみ入れた熱湯でさっとゆで、すぐ水にとってざるに上げます。しょうゆ、酒、だしを合わせて二つをあえ、器に菊の葉を敷いて盛ります。

時間がたつと、花の色は移りにけりなで、菊の色がだめになってしまいます。早くすすめてください。

（『主婦の友』一九八〇年十一月号）

増田れい子さんへ

お元気で、相変らず喰べてますか？「花の香がする…」拝見しました。みんな楽しく優しくて、でもオニギリの話がとっても好きでした。親の愛情の曲ったのしか知らない私は、お母さんて言葉のある文章に弱いの、でもむさぼるように読んじゃうの。うらやましくてクヤシクなるけど。そしてうらやましくてクヤシイ文章かけて偉いなァと、つく〴〵思います。先日の夜はたのしかった。また、やりましょう。

五月にエジプト旅行記出ます。あ、そう〳〵昨日旭屋へいったら花の香…といいものみつけたがとなり合わせに並んでて、嬉しかったです。

（『non-no』一九八〇年六月二十日号）

使いみち自由の商品券

私は原則として「中元」「歳暮」は贈らないの。人様を訪ねる時もめったに手みやげを持参しない。先に送り届けるか後にするかはその時の都合にして、訪問は手みやげなしの手ぶらが一番スマートだと思うの。

でも、招待客が多いパーティの時は例外。招待側とごく親しい場合は前もって「何か足りないもの、必要なものありませんかね?」ってお伺いをたてる。あれがない、これが不足という悲鳴が受話器の向こうから聞こえてくれば、そこで「お助けバアサン」の私が役に立つわけ。

ワインを贈るのでも銘柄とか難しい。当方の心ばかりを一方的に押しつけるようになっちゃいけないし、考え始めるときりがない。先方の環境から家族構成、趣味、嗜好までわかっていない限り、めったに贈り物などするものではないというのが私の主義ね。

そんなちょっと「変人」の私が手みやげとして選ぶとしたら、それは、商品券や図書券。

なんとまあ夢のない贈り物と言うなかれ。「券」そのものの無個性なところが気に入っているし、その券で先方の好みの夢を買って欲しいと、そんなふうに思うのね。
私ってやっぱり変人かしらね……。

（『ＬＥＥ』一九九〇年十二月号）

あたしの男性観

聞き手＝池田哲郎

女がやることを一通りやってみたい

「いま考えるの、結婚のことだわ、小さい時からいやなこと、いろいろ聞いてますよ。「男なんていい加減だから、結婚はいやだ。自分で働いてんだから、結婚なんて面倒くせえや」と思ってました。だけど、そんなことばッかし云ってると、だんだんもらい手がなくなっちゃうでしょ……。」

——今が一番悩む時期ッていうわけですね。

「あたし二十九でしょう。来年は三十になっちゃうんです。三十過ぎて、女優さんやってるなんてのは、いやだア。女が代議士になったって女史になったって……ひとりじゃ。あたしもそろそろ、ふつうの女がすることを一通りやってみたい、結婚して子供を作ることなど、一応してみたいと思うンです。」

——ただあんたがなんとなく結婚したくなったというより、あんたに結婚させたいと考えさせるものが働いたに違いないと思うんですが。あるんでしょう?

「こないだも、高峰(三枝子)さんに逢ったんです。坊やと一緒に……。その坊や座敷のまん中でオシッコをするんです。それを嬉しそうに「あアら、オシッコオシッコ」だって、云ってらしたけど、いい眺めだったわ。」

——ところが、ふつうの女と違って俳優は結婚というそこまでの心境に到達するのが苦しい。

「あたし、女優やめておかみさんになったって、いいにつけ悪いにつけ、特別扱いにされちゃう。だからフランスへ行った時はよかったなア、洗濯したり、掃除したりいままでしなかったようなことをした。キザな云い方だけど、ふつうの人がふつうの人とつきあってどのくらい親切なもンだかあたしわかンなかった。それをわかりたいッていう気もちがあったンだけど、フランスにいてそれがやっとわかった。」

——人間らしいものを発見したってことだ。言いかえると高峰秀子が本名の平山秀子というもう一人の自分というものをありありと見つめることが出来た。

「あたし、こういう仕事始めて、二十年になるでしょう。そのあいだ、ただ働いていただけなんですよ。自分のなにかッてものがひとつもないの。女優さんの命ッて短いもンだし、あたしもやっぱり、もうこれッくらいのもンでしょ。いつかはやめるものだし、やめないまでも、所詮は哀れッぽくなっちゃうンだ。女なンてものは、長い間女優してたけどなんにもないッてことが、やっぱりつまんなかったのよ。」

——そんなに女優を悲観視したんじゃ何事もおもしろくなくなる。どんな道でも悲観的なことがパーマネントウェーヴとして起るもんだ。

「あたしは女優っていう人気も信じないんです。ワアッと湧くようなカッサイをされていた人が、いつの間にか消えてしまった例をいくらも知ってるもの。あたしたちのようなブロマイド的人気は「活動」に一年も出なきゃア忘れられちゃうんです。そんな人気は何でもありゃしない。

そんな人気が、気になるようだったら、パリなんかに行きゃしませんよ。どんなささやかなものでも、自分というものを育てて行きたいの。泡のような人気に巻きこまれて、ハッと気がついた時には、もう何ものでもない、なんていうのはイヤなんです。」

——しかし、あんたぐらい有名な女優でしかも美人と来れば、もらい手はいくらもあるでしょうが……。

「いやですよ、あたしはそんなの。大ていの人はあたしたちのところへ、チヤホヤしてやってくるけれどハラの中で「女優の分際で……」なんて考えてる人があるの。そんなのはピンとわかっちゃうから、こちらでも軽蔑してやるから同じことですよ。

ガリガリのおじさんとか、往々にして金持とかネ。だから間違っても、お金持のお嫁さんにはなりたくないナ。金がありゃ何でも出来ると思ってるの、きらいです。」

——女は大体、愛されるということに喜びを感じるんだと思うのだけれど……そして、それがいつの間にか恋愛に発展するというような自然の段階というのか、摂理というものか、あんたどう思います?

「あたしは女優だから映画のファンね、またそのファンではない別なファンもあるんだけどつまりあたしを可愛がってくれる人がずいぶんいます。これは大変いけないと思うわ。映画ファンだけであってもらいたいです。

人間を可愛がってくれるだけでは、自分にとって、そんなもの、全然アテにならないんです。あたしはそんなことでうぬぼれない。

自分の眼で見て、信用できる人、頼れる人、愛せる人なら、自分の方から出掛けていっちゃいます。まず、あたしを好奇心で見ないんなら一応安心しますよ。」

――果して、あんたが結婚したら、本当に映画という仕事を捨てきれるかが問題ですね。

〝結局あたしはアバンなんです〟

「生活が大事か、女優という仕事が大事かっていうと、断然生活です。生活、生活よ。でも例えば結婚して、一応の生活が出来るとしても、やっぱり、二十年ずっとやって来た仕事と、どうしてもテンビンにかける。なんたッて、自分を今まで育ててくれた仕事ですからね。それを捨てちゃッて普通の生活に入れるか、どうか……。女優なンて好きじゃないけど、それで生きてるンだと思うとネ……。」

――あんたは好きな映画という仕事に恵まれそしてスタアダムに座りながら「淋しい」という。真実に自分に慰めを送ってくれるものがないからかもしれない。だから賢明なあんたは、空虚な喝采に身ぶるいするんだ。はかない女優のさがも知っているんだ。そして、それ以上に、女としての何が最も人間的なのかの問題と取組んでいるんだ。

答は案外簡単なんじゃないかな。あんたは恋をしたいんだ。真実に人生を語り合う相手が必要なんだ。まず結婚するんですね。

「失敗してもいいから？」

――被害妄想病と自意識過剰にとりつかれているんですよ。

「映画に出てる時、それは愉しいです。苦しいけど命が打ちこめるもの……。でもね、それのすんだあとの、映画界って息苦しいわよ。」

――あんたはそのように表現しているが、もっと突きつめて云えば、一人の女性として恋愛もできない……という悩みでもあるのじゃないんですか。

「結局、あたしはアバンなんです。本当はアプレとアバンの中間だけど、やっぱりアバンの方なんです。割りきるのに苦しむんですね。あたしッていう女はハッキリものを言うけれどこれはアプレじゃない。今まで言わなければ生きて来れなかった。派手な女優生活をしていても、もうそろそろあたしの女優というものに対する自信もなくなって来たし、まじめに結婚ッていうことを考えますね。今までこれという旦那さんになってもらいたいような男の人には一ぺんもぶツからなかったけど、そうは云ってもあたしは自分の我を通そうとする女じゃないンです。」

――もし、あんたが初めから映画界に入らなかったらちょっとおもしろいというより、平凡な、案外そんな女らしい人だったかもしれない。

「だから女優のクセに、ほんとに惚れちゃうと人気もナニもいらなくなっちゃって。すぐにドテラなんか縫いたくなっちゃうんです。」

――ドテラを縫いたくなる心境、つまりヌカミソ臭くなってもいいということだ。

結婚すれば女優はやめる

――結婚、結婚ですね。

「結婚するわ、でも結婚したら、映画界よ、サヨナラです……。ふふふ、来年の今頃になっても、また、こんなことを云ってるかもしれないですね。」

――しかしね、木暮実千代さんや高峰三枝子さんたちのように、結婚しても女優生活を続けたり、さらに女優としての磨きをかけている人もいるのですが、もしあんただったら、どうします?

「その点、木暮さんは羨しい。だけどあたしにはそれが出来ない。結婚してから働くってこと……何しろあの人はタフですよ。仕事もジャンジャンやる、何ていうのかしら、仕事がまた生活の弾力ッていうものになるのかしら……。」

――あんたの場合、旦那さんの理解があっても?

「ううん、あたしには働けない。あたしは奥様になったら、引っこンじゃう。映画とは縁切り……。だけど映画の中で長く暮していたから、ふつうのおかみさんと同じになれないかもしれないと思う時もあるんです。だけど、やっぱりあたしは松井須磨子になれない。あたしッていう女は潔癖なんです。いくらあたしをリードしてくれる人がいたッて同じ仕事をしていくのはいやです。」

――それで、リードされて何でも従順について行けるあんただとは思えないが……。

「女の人が、旦那さまとふたりで生活を設計していこうだなンて、こりゃ夢よ。だから女の方が一枚男の上になってジッは男の下になっているみたいな顔してりゃいいんです。男の人ッて、外で疲れて帰って来るから、女の人に甘えたいんです。それに応える母性愛的な気持、そんなものを持ってる女の人はいいなア。」

――性格的に、これはおそらく一番大事なものだと思うけれど、どんなタイプの人が、あんたの壺にはまるのかな。

「意志のハッキリした人です。ハッキリと物を割切って、自分の意志を通す人ッてことですね。ものの良い悪いを判別できる人なんです。煮えきらない人、都会人の悪いクセだと思うンだけど、この頃の人はあまりハッキリしません。日和見する人は大嫌いです。そこから後は枝葉のようなもので論ずる必要はないです。人間は誰でも長所、短所があるんですから、いちいち云ってたらキリがありません。

あたしを引きずってくれる人、教えてもらえる人、相手になってくれる人ですね。」

寄りかかられるのはごめんデス

——尊敬できる人ッていうわけだけど、逆にこっちから可愛がっていけるような男、年の上下でなく、なんだか坊やみたいで、ひとりでほっとけないような男はどう？

「年下はいやです。頼れなくてはね。やっぱり年上ですよ。年上ならいくら年上でもいい。」

——相手の職業にこだわりますか、特別嫌いな職業なんか……。

「どんな職業でもいいんです。だけど映画人とだけは結婚したくない。映画というものを長く知ってるから、幻滅を感じるんです。いつか木暮（実千代）さんも云ってたけど、たとえ一万円の収入でも、旦那さんと思えばそれでいいんだ。女房にぶら下る……それはいけないです。いまの世の中の機構とか、男と女の生理とか、いろんな関係でね。」

——たとえ収入が少くても、ただ一人の理解が旦那さんだった……と、これだけでも旦那さんの価値があるということになるんですね。

「あたしは映画俳優でしょ。高給労働者ッてことになります。だから結婚して、あたしに寄りかかろうなんて考える人はゴメンです。遊ぶような人はね……。

何でもいい。何か誠実に仕事をやる人、収入が少くてもいいけど能力のないの困ります。しかし、仕事といっても映画と違って一人で出来る仕事はうらやましい。團伊玖磨さんなんかはあたしと同じ年だけどいいなア。」

――よくあんたのゴシップになる灰田勝彦さんね、ああいう男性をどう思いますか。

「ううん、ちっとも合わないですねえ。どうも、あたしとトシ坊（灰田の愛称）は野菜サラダのグリンピースとジャガ芋みたいなものかなア。どっちか見ると片ッポ思い出すらしいんです。でも恋人じゃないんです。」

――お酒を呑む人や煙草喫みは？

「呑めないのはどうかと思うけど、中毒でなければいいですよ。つまり適量内ッてことよ。ニコチン中毒なんかたまらない……。」

――服装からみた男ッていうのは、どうです？

「不潔なのいやですね。えりのよごれてるのや歯の汚いの……。いつも白シャツで清潔な……別に服装の注文はないですよ。生活でくたびれるのッて見ちゃいられません。反対に夏でもキチッとネクタイをしているような固苦しい紳士も御免です。大体あたしは野人なんですから……。」

——この頃は試験結婚というものが出て来たようなんですが、これは……。

「とにかく、あたしには出来ませんね。

結婚する前の恋愛テストっていうものにしたって、そんなものは出来ないんですよ。一番あたしを慰めてくれるもの……それはやっぱり「恋人」なんですけど、ところが、うるさいのね。周囲が……。ジャーナリ屋があとをつけ廻る。周囲の人がコセコセお説教する。」

——気持はそうでも、世の中には結構これがいいという人もあるけれど。

「あたしの知っている、お嬢さんのことになるんですが、このお嬢さんがある男の人と恋愛に陥り、案に違わず結婚したいというんです。ところが、両親をはじめ周囲の人たちが、みんな反対した。私も相談を受けてその相手の男に会ってみたんですが、どう考えても首をふるか、かしげたくなるような人物でしてね。そうは云ってもその男に熱中しているお嬢さんは、どうしても一緒になれなければ死ぬとまで、かわいそうなくらいなんですよ。

そこで、あたしは、そのお嬢さんに云ってやったんです。

「いいから、試験結婚しちゃいなさいよ。」

しかしね、これはひとのことだから、そうは考えもしたし、云ったりもしたんですが、やっぱり自分のことになると、試験結婚はいやですね。へんな男と一緒になったら、もったいないと思うわ。」

——では、あんたの場合、友愛結婚に近いということになりますね。

「そうですね。心の拠りどころ……ッていうのか、裸になった時に、裸のあたしというものに理解のある人、そしてあたしも、よろいを脱いで裸でぶつかりたいのよ。」

——パリへ行く前と、帰って来てからの、今の男性観というものの差に自分自身感じませんか。

「別にありません。ただ小さいことが気にならなくなりましたね。もうコセコセするのは真ッ平です。あたしもし奥さんになったら、ゼッタイに井戸端会議はやらない。あたし、とてもいやだなア。自分がそういうふうなこといわれるのがやだから、人のことといわない。あたしは何でも、自分の眼で見なきゃア信用しない。だから、いろいろな人のウワサが入って来ても、みんなあたしのところでオシマイ。私は一体、人を信用しないンです。何しろ小さい時から、自分のことで、いろいろいわれる。それが、みんな、ウソやデタラメばかり……。そういう目にあったから、どうも人を信じられない。人を信じないところからニヒリスティックだなんて評判も出るんでしょうけど、女優としては損ですね。こないだも、ある雑誌社の人がインタビューに来て「自分の性格についてどうですか」なんていうから「自分のことなんかわかりせん」って云ったらまわりに居合せた人が「この人はふつうの人が面白がることは何にも面白がらない」って云ってた……。とにかく、みんなよく結婚するなア。やっぱりあたしより偉いンですよ、きっと……。」

（『丸』一九五三年十月号）

嘘ではなかったコスモ

広告は人の神経を刺激する。

それでなくても、昨今は、世の中の変化がマッハ・いくつという速度で進み、八方に回しているので人々の神経は丸太棒のように鈍化してしまった。

丸太棒のような神経を、ぎゅっとひきしめ鋭い衝撃を与えようとして、広告は手を変え品を変え時にヒステリックに、あるいはこむずかしい理屈をならべて製品の優秀性を説教しようとする。

しかし人々は、もう何事にも驚かなくなりどんな状況の変化にも、技術革新にも「ああそうかい」というような顔をしている。

ところが、ここにも、とんでもない奴があらわれた。東洋工業の新車「コスモ」である。

東洋工業が開発したロータリーエンジンには、さすが神経の鈍い若者たちも仰天するだろう。乗ってみれば快感が身心をゆすぶる。

私のように神経の細い人間は、始めてコスモが試走場に白い車体を見せた時、即座にうなってしまった。

私は、そのデザインの流麗さにも驚いたが乗ってみて、出力のすばらしさにまたまた眼を瞠った。道路行政が自動車の発展に追いつかない日本の現状は悲しいことだが、こんな車で日本縦断を試みたら、どんなに素晴しいだろうと空想した。

（松山善三と。『文藝春秋』一九六七年六月号）

五十九歳・結婚二十九年の夫婦円満、料理の秘訣

もうすぐ結婚三十年だけど、夫婦円満の秘訣なんてなにもない。古い女だから、我慢してるだけですよ（笑）。

いくら交際期間が長くても、結婚してみなくちゃわからない。一緒に寝て、起きて、暮らしてみて初めてわかるのよ。

この人なら絶対と思って結婚したら、まったく違うってこともありますけど、ただ、いくつかの共通点があれば、なんとかもつものじゃないかしら。

たとえば、うちはふたりとも夜型で、朝寝坊なの。それと、おいしいものを食べるのが好きだし、わりに几帳面で、手紙はすぐ返事を出しちゃうし、そういう、ちょっちょっと似てるとこがあるのね。

だから、ほかのことがダメでも、まあまあ我慢できるということじゃないかしら。

にんじんおろし

このごろは、怠け者の主婦が多いらしくて、3分か5分でできる料理の本を書けという注文で書いたのが、『台所のオーケストラ』なの。

あのなかに、大根おろしににんじんをおろしてかけるのがあるけど、ファンの人から手紙がきたの。あんまりバカバカしいから、吹きだしちゃったけど、やってみたらおいしかったって（笑）。

あれは灰田勝彦さん（歌手、故人）に、松山（夫・松山善三）が体が弱くてしようがないと話したら、それなら、にんじんのおろしたのを毎日食わせろというの。にんじんだけじゃちょっと無理だから、大根おろしと合わせてみたの。そしたら、ピリッとしてにんじんの臭みがなくなって、おいしいんですよ。

松山はすごく好き嫌いの多い人で、お漬け物が嫌いで、たくあん絶対ダメ、とろろもすったのはダメ、マヨネーズも大っ嫌いといった人なんです。

で、とろろはすらないで、細切りにしたり、サイの目に切ったりして、わさびじょうゆで食べさせたりするけど、これだと食べてくれるのね。

ほんとにわがままなガキがひとりいるようなもんだから、なだめすかして食べさせてるけど、おかげで、いろいろくふうすることをおぼえちゃった。

秘訣なんてべつにないけど、料理というのは、本に書いてあるとおりじゃなくて、自分でちょっとプラスアルファーを考えれば、いろいろできるんじゃないかしら。

たとえば私は、いま歯が三本抜けそうだけど、ごぼうが大好きなの。ごぼうは固いけど、たたけばいいわけね。ごぼうをまわしながら、金づちかなにかでたたくの。そうして煮ればやわらかい。

せっかく頭があるのだから、おおいに使わなきゃあね。

ときには荒療治も

女優さんのなかには、台所に絶対はいらないという人もいるけど、私の場合、庶民の役が多かったから、わりと台所まわりの芝居が多かったの。だから、大根切れなきゃしょうがないじゃない。

それに私は、転んでもただでは起きない人なの。子供のころ、すごく貧乏で、母とふたり、大森の六畳ひと間のアパートに住んでたけど、ちっちゃな台所にガス台がひとつあってね、食っていけないから、学生さんふたりの賄(まかな)いもしてたの。

ちっちゃな台所だから、よほど手ぎわよくやらないときたなくなっちゃう。母が上手にやるのを見て、十歳くらいのときには、もう台所の手順をおぼえちゃった。

だから、台所仕事は平気だけど、家庭のことを一生懸命やろうとしたら、女優は絶対無理ですね。切りかえを上手にやればできるというものではないわね。家庭も女優も一〇〇パーセントやろうと思えば、体がもちませんよ。

私の場合は、仕事を半分に減らしました。そして、一本の仕事がすむまでの二か月くらいは、女優さんになりきって、仕事が終われば、うちにいて、奥さん業を専心してやるというふうにしてたわけ。

やっぱり男の人って、自分が帰ってきたときに、奥さんにいてほしいのね。松山も帰ってくると、すぐ「奥さんは？」って、きくんだって。だから、結婚してからは座談会とか、夜の仕事は、ほとんど断ってます。

帰ってきたとき、とんでてで〝お帰りなさい〟といわなくても、いるべきものがいないと、具合が悪いんじゃないかな。それが家庭というものかもしれないわね。

仕事をしている女性のなかには、〝仕事の邪魔にならない男がいい〟という人もいるけど、そういう男は夫としてどうかしら。

男は、おもちゃじゃないのだから、結婚する以上は、よほど覚悟してあたらないと、うまくいかないと思うわね。

結婚して、高峰家から松山家に変えるのもたいへん、二年かかりましたもの。お手伝いさんも、ぜんぶ入れかえたり、大手術をしました。家もこわして建てなおしましたよ。

他人は松山だって高峰だっていいじゃないかと思うかもしれませんが、そうはいかないの。

人生には、そういう荒療治が必要なときもあるんですよ。

会話と思いやり

でも、夫婦で一緒に暮らすのって、ほんと疲れる（笑）。

私、なにかに〝夫婦他人説〟というのを書いたら、とても冷たく受けとられたのね。そういう意味じゃなく、夫婦は一心同体なんてのは、うそだってことなの。だって、違うところで生まれて違った育ち方をしてきたわけでしょう。もっと大きな違いは、男と女の違いね。

なんでこの人とこの屋根の下にいるんだろうと、つくづく考えてごらんなさい、気持ちが悪くなるから（笑）。

それでも、この人と一緒にいたければ、努力しなければいけないってことですよ。

世間の人は、私のようなわがままな女と結婚して、松山のほうが我慢してると思われているようだけど、私は、昔はお酒は一滴も飲まなかったのに、いまやアル中ぎみ（笑）。むこうが友だちを連れてきてお酒飲んでるから、いつのまにか、私も飲むようになっちゃった。

このごろは、夜十二時ごろ、仕事が終わってから、ふたりで飲みはじめるわけだけど、一時すぎまでなんだかんだと、しゃべってますね。

よく、夫婦でそんなに話すことがありますね、っていわれますけど、話といっても、どうってことないことですよ。仕事先でのこととか原稿がすすまないとか、最近の事件とか、なにかあるでしょ？

会話のない夫婦が多くて、一日平均四分くらいだっていうけど、奥さんがたは会話と思いやりがほしいわけよ。男性がもっと奥さんに理解をもって、変わってこないといつまでたっても同じね。

ダンナは疲れてるのかもしれないけど、口きかぬ夫のためにただ働いてるというのじゃ、だれだってイヤになりますよ。私でなくてもいいんじゃないかと思うもの。

ダンナさんが、もっと奥さんに話しかけて、たまには一緒に外出するとか、「きょうの洋服はいいね」なんて、もうちょっと会話があれば、奥さんは、黙って、楽しく、炊事も、洗濯もすると思いますけどねえ。

私は、外では絶対飲まないし、うちにポツンといるのを、松山はよく知ってるから、夕食は一緒に食べるようにつとめてるみたいだし、仕事が終われば、とんで帰ってくるわよ。これも思いやりですよね。

「なにもない」はタブー

それと、奥さんのほうにも、ユーモアのセンスがなきゃいけないと思うのね。

松山は、半熟卵が好きなんだけど、ゆで卵になっちゃうこともあるのよ。そのときは、「遠足でございます」って、出すことにしてるの。

ゆで卵になったものはしかたがないじゃない。いえば、お互い不愉快になるだけだし、それをいかにユーモアにもっていけるかってことがだいじだと思うのよ。

世の奥さんがたって、まじめにぶつかりすぎて、気づかないところで、相手の心を傷つけてることがあると思うの。

パーティーなんかに行って、ダンナが食べないで帰ってくるじゃない。すると、「なにもないわよ、食べてくるといったじゃない?」なんていう奥さん。これはいちばんイヤなこと、絶対いってはいけないことなんですよ。

私が男だったら、そんな女房、すぐ離婚だね。パーティー行ったけど、食べるヒマもなかったわけでしょ、相手の身になって考えるようじゃなきゃあ、ダメですよ。

ないといったら、ない、これじゃあダンナは、二度と帰ってきませんよ。「なにもないわよ」は、〝帰ってきなさんな〟ということなんですよ。

なにもないといったって、大根のしっぽとか、缶づめのひとつくらいあるでしょ。ひねり出せばなにかできるはずですよ。

ほんとうになにもなければ、庭の草をむしってでも食べさせるくらいの気持ちが、奥さんにはほしいですね。

結婚したくなきゃあしなくていいと思うけど、したからには女房として一生懸命やらなくっちゃ。女房を完全にやれる人は、なにやったって、できる人ですよ。

*

夫・松山善三の話。

「料理に関しては、いうことなしですね。うちで食べるほうがいいから、仕事のつきあいで、どうしてもというのはべつにして外にうまいもの食べに行こうとは思いません。

それと、わが家は、何時に帰ってもなにもないということがないので助かっています。

…………………

よく〝料理は愛〟なんていいますが愛情だけでは料理はできない。たとえ、キャベツ一個しかなくても、それを2～3分で、ひとつの料理に変えられるかどうかの技術ですね。あとは、面倒くさがらずにやるかどうかだと思いますけど、よくやってますね」

（『女性セブン』一九八四年三月二十二日号）

〝死への準備〟は済みました！

「人間、誰(だれ)しもいずれ死んでしまうのです。ですから、死ぬということに対しての準備というのも、せざるをえないです。死に支度というのは本当に大変ですよ。」

と、高峰秀子さんはさらりと言う。

高峰さんが女優引退を決め、三人いたお手伝いさんと運転手さんに退職金を渡して辞めてもらい、夫婦ふたりきりの生活を始めたのが昭和六十一年二月。十五年ほど前のことになる。

「老いを前に、身辺整理をすませ、生活を簡略化し、年相応に謙虚に生きるよう。」

そんなことを、映画監督の夫・松山善三さんとともに話し合うようになったのは、五十歳ごろからだったそうだ。

「長い間、仕事をしましたからね。五十歳ぐらいで、もういいと思ったんです。最後に出たのは木下惠介作品の「衝動殺人　息子よ」で、若山富三郎さんの妻役でした。そのころです。そろそろ〝計画〟を実行しようと思ったのは。女優という仕事は、洋服やら何やらいろいろ溜まるんです。でも、女優をやめてしまえば、たくさんの服もいらないじゃないですか。」

身辺整理の手始めに、洋服や来客用の食器類、家具調度を処分した。そのほとんどに、それまでの人生の思い出がいっぱい詰まっていたはずだ。しかし、高峰さんは、ディナーセット百三十ピースも、パリの蚤の市から大切に持ち帰った飾り皿も、ドイツの古道具屋から送らせた椅子やテーブル、イギリス製の飾り棚も、すべて潔く処分してしまった。

「未練がないというのは建前で、本音は、歯ぎしりするほど悔しい気持ちもありましたよ。でも、物への執着は捨てても、物にまつわる思い出だけは胸の奥に残るでしょう。いくら物を持っていても、あの世まで持っていくことはできないんですよ。生まれてきた時はみんな裸。私も五歳から映画に出て、二十四歳から、初めてのフリーランサーの女優として頑張ってきましたが、残ったのは二百坪の家。それにどれだけの価値があるというのか。死んでしまえば何もないのですから。」

五歳から五十年出演してきた膨大な数の映画の台本やスチール写真なども川喜多資料館に寄付することに決めたという。

「本来、私は派手なのが嫌いで、女優という仕事も好きではありませんでしたから。女優をやめれば、外にも出ないから、運転手さんもいなくてもいい。お手伝いさんも、もう、必要ない。それまでは、三人のお手伝いさんと運転手さんの部屋、トイレ、お風呂があって、一つの家に二家族が住んでいるようなものでした。人疲れしてしまうこともあって、それまでの家をつぶして、身の丈にあった三部屋だけの家を建てることにしたんです。」

老後は田舎に行ってのんびりという人も多いが、それは考えたこともないという。

「それこそ大変ですよ。体も自由がきかなくなるし。

それは、都会に住んでいるから、田舎に憧れるだけ。みんなそんなことを言いますけど、実際にやったこともない畑仕事をするのだって大変でしょうし、買い物だって、都会だったら、近くにお店があるから何も不便を感じないですんでいるんです。それがいざ、田舎に行ったら、どうなるでしょうか。」

高峰さんの描いた〝老後の生活〟は、けっして夢物語ではない。お手本は吉田兼好の『徒然草』だという。

「『身死して財残る事は、智者のせざる処なり』なんですよ」

建て替える以前のお宅は、古い教会建築だった。麻布の一等地によく似合う、風情もあり、思い出も深いその家を、すべて取り壊し、更地にするには、かなりの覚悟と勇気が必要だったにちがいない。

〝半分やけくそで前の家をブッ壊し〟たのだそうだ。

その土地に、リビング・ダイニングキッチン、書斎、寝室の三部屋だけの、高峰さんいわく〝白いケーキの箱〟のような家を建てた。

建築中の二年半、ホテル住まいをし、〝終(つい)の住処(すみか)〟に移った日のことを、高峰さんは以前、こう書いている。

〈2月はじめの大雪の日だった。この家の最大の贅沢(ぜいたく)はセントラルヒーティングで家中がぬくぬくと温かい。

「たいへんだったね」

「たいへんだった」

「でも、サッパリしたね」

「ああ、サッパリした」

私たちは、思い切り首をのばした亀(かめ)のような顔をして、大きく開いた窓外の美しい雪景色を眺めた〉(「死んでたまるか」『新潮45』一九八八年六月号より)

「もともと夫は家で仕事をしていましたから、私が女優をやめてからは、ずっとふたり一緒です。今も三度の食事は私が作って、一緒に食べています。物にも執着しないですし、価値観も一緒ですから、ふたりともパッと物が捨てられましたよ。」

おしどり夫婦は〝人生の店じまい〟を終えた。とはいえその当時で、まだ高峰さんは六十代前半という若さだった。

「松山が「キミが死んだら明日から僕は何食うの?」と、言うんです。うちは子供がいないし、とにかく困るらしいんですね。それで、ヨレヨレになってふたりでボケちゃうより、自殺をしよう。どうやって死のうかなんて、自殺の方法まで考えたりしたこともありましたよ。冗談半分、本気半分。」

ケーキの箱のような、いつもポカポカ温かい家で、夫婦そろってこんな会話に興じる。

「どっちが残っても困るのはわかりきっているし、早いとこ死んじゃわない?」

「いつにする?」

「僕は幸せだった。仕事もしたし、十分、生きたし、いつでもいいよ。」

「そうはいっても、でも明後日というわけにはいかないしね……。でも、どうやって死のうか?」

「人の迷惑になるから飛び込みはダメだな。いっそ北海道かどこかで流氷のある時期にふたりでポンと飛び込んじゃえば、一分もたたないうちに、心臓麻痺だ。」

「冷たいから嫌。私、海はおっかないわよ。」

　そんな冗談半分の会話の一方で、高峰さんは、尊厳死協会にも入っている。

「心臓が止まったら、自然に死なせてほしい。無理に生かさないでくれって感じです。だいたいダメになったら、早く死んだほうがいいでしょう。ムダなお金をかけるのは国家的にも損失だと思いますよ。

　お葬式も、やりたくないんです。どこかに散骨して終わりというのがいいのですが。これも本人が死んでしまえば、知ったこっちゃないのですから。」

　自分の死、夫の死を真っ直ぐに見つめて生きてきた十五年だったのだろう。すでに遺書も書いてあるそうだ。

「我が家のお位牌もね、百円ライターくらいの大きさの、小さいものを京都で作ってもらったんです。仏壇はキラキラしていて嫌なんです。小さいけど、観音開きになっている、厨子のついたお位牌なんですよ。そこに、亡くなった松山の家族の方たちの名前をマジックで書いてあるんです。今は、飾り棚に置いて、お水を供えているんですけど、松山がひとりになったら、してくれますかね……」

　そこの言葉だけはちょっと寂しげに聞こえた。

「ボケるが勝ちね」と話を!?

今年、介護保険制度がスタートし、老後の生活が改めて問題になっているが、そのことを聞くと、高峰さんは、あっけらかんとこう言った。

「明日、死んでしまうかもしれないのに、そこまで考えたら生きていけないですよ。理想をいえば、朝になったらそのまま静かに死んでいるなんていうのがいいですね。人に迷惑をかけたくありませんから。」

もともと、高峰さん夫妻が〝人生の店じまい〟を考え始めたのも、自分の死で、他人に迷惑をかけたくないというところから出発している。

〈私たちは似た者夫婦というのか、他人さまに面倒をかけるのが「死ぬほど辛い」という性格で、自分のことは自分でせよ、という生き方を通してきただけに、日頃、ロクにおつきあいもせず、義理を欠きっ放しの知人、友人に、「後始末だけはよろしくね」では、あまりにも虫がよすぎて心苦しい〉(『新潮45』同前より)

死の前に、自分でできることはすべてすませてしまった高峰さんの心の中には、今、清々しい風が吹いている。

「今が最高に楽しいですよ。乱読ですが、いろいろ本を読んだり、雑文を書いたりしています。でも、締切りがあったりするようなものは引きうけていません。」

　黄昏(たそがれ)の日々を、静かに、そして、豊かに生きる高峰さんの笑顔はとても美しかった。

「松山は私に「一日だけでいいから、俺(おれ)より長生きしてくれ」って言うんですけどね。最近ではね、「ボケるが勝ちね」なんて話をしています。ボケてしまえば、本人は何もわからないのですから。

　松山が先に逝(い)って、私が後に残ったら？　さぁ、どうでしょうか。うちのダンナは世界一の人ですが私は昔からひとりでいるのが好きでしたし、寂しいというのがないんですよ。孤独が好きなんですね。だから、まぁ、どっちが死んでも……。でも、そうなったら、すぐに、もう片方も死んでしまうと思いますよ。」

　高峰夫妻の終の住処にも、ひとつだけ、変わらずに残っているものがある。それは、四十数年前の結婚の日に植えた白木蓮(もくれん)の小さな苗木だ。今では十メートルを超える大木となった木蓮は、高峰夫妻のありようを象徴するかのように、毎年、純白の大輪の花を咲かせている。


（『女性自身』二〇〇〇年七月十八日号）

私宝「ナポレオン」三種（一）

四十年ほど昔。パリの骨董店でみつけた一枚の絵皿。そこには、右手を軍服の腹部に突っこんで立つ「ナポレオン皇帝」と、大砲一門が画かれていた。昔、学生時代に読んだ横光利一著「ナポレオンと疥癬（田虫）」を思い出した。

僕は、即座にそれを買った。

ナポレオンの右手が腹部にあるのは、ポー

2

ズをとっているのではない。股間に発して、痒(かゆ)
腹部に這いあがって来た皮膚病、疥癬が「痒
くて〱」それを指先で終日ひっ掻いているの
だ。

「余はアルプスを征服した。余はプロシヤ
を破った。オーストリアを蹂躙(じゅうりん)した。デンマ
ルク、スエーデンも余に屈した」と豪語する
が、ナポレオンの腹部に住みついた頑癬(がんせん)は
掻きむしっても、ひっかいても制圧出来ない
。田虫は、ナポレオンの戦歴に同調して「カ

3

イカイレの版図をひろげ腹上に、輪状、血まみれの丘疹となってあらわれ、見れば、ヨーロッパの地図を思わせる。ナポレオンは日夜、いらだち、田虫を掻きむしり、ところ構わず爪を立て、その都度、一国、一国を攻め落し、遂にヨーロッパ全土を席捲（せっけん）する。同時に、田虫も、ナポレオンの腹上全面に、その威をひろげる。たまりかねたナポレオンは、ロシア大遠征をしかけるが、冬将軍に襲われて敗走。雪まみれ、泥まみれとなってパリ

はおみな

4

へ逃げ帰り、無条件退位宣言に署名。エルバ島への流刑となる。田虫はどうなったか。ナポレオンは「カイカイ」に破れ、発狂するとなって、小説は終っている。傑作である。

絵皿は、わが家の二階、踊り場にかけてある。ナポレオン像は種々あるが、右手を服中に入れているもの、左手を服中に入れているもの、二種あると聞く。何故か今分らないが、僕は「カイカイ」と闘いながら、威厳を損(そこな)はないナポレオンを見てニッコリする。絵皿は、

5

んようとして、ナポレオン帝国の絶頂期に焼かれたものだとしたら、こりゃ大変。「ナポレオン法典」の制定は一八〇七年と言われるから、僕の買った絵皿は、およそ二百年前の大骨董品。だから秘宝なのだ。（ではなりか。）

ブロンズの長靴は、ロシア大遠征に破れ、モスクワから泥濘（でいねい）の道を兵卒と共にパリへ逃げ帰った時、ナポレオンが履いていた長靴のミニチュアだと僕は思っている。蚤の市で買

ったブロンズである。長靴の内側にFACS
iMiLE DELAVERITABLE
BOTTEAと刻まれている。へ水ぷたしの
長靴・復製」とでも釈すのだろうか。これは
ナポレオン最後の戦い、ワーテルローの戦で
破れた敵将、ウェリントンが履いていた長靴
のコピイだったかも知れない。ウェリントン
・ブーツと呼ばれる記念品があると聞く。し
かし、これも或る年数の骨董品だ。

さあ、これこそ正真正銘、世界にいくつも残っていない指輪である。パリは、シテ島への橋を渡ったすぐ左側、小さな骨董店でぶつかった。

店の老主人がこう言った。「それはね、ナポレオンがエルバ島へ流された時、ナポレオンを慕い、再起を誓い合った将兵、数十名が、ひそかに秘密結社「ナポレオン党」なるグループを結成、その「証」として、全員が持ち合った指輪だ。作者は不明だがナポレオン

8

の顔がいい。二度とお目にかからぬ品だよ。高いけど、買って損はない。百年以上の骨董品だよ」と。なるほど、ナポレオンの眼が鋭い。「余はナポレオンであるぞ」と自画自賛し、口もとは「余は何ものにも屈せぬ」と、結んでいる。顔は銀製だが、髪は、金のオリーブの葉模様で包まれている。僕は、指輪のナポレオンに囁く。「田男はどうなりました?」と。答えは、「あいつらはしつこい。」しかし、ヨーロッパ全土を制圧したのは、あい

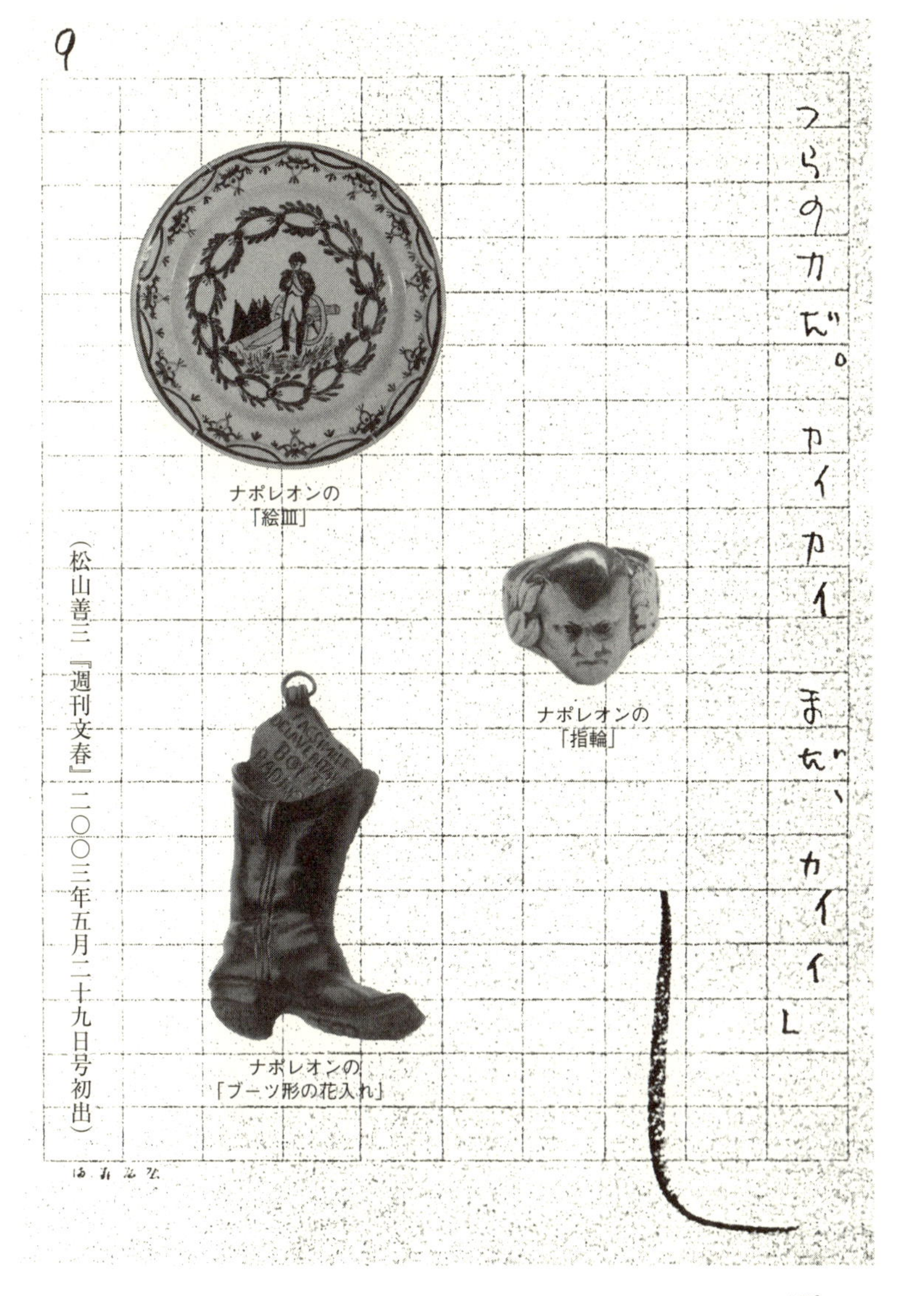

（松山善三『週刊文春』二〇〇三年五月二十九日号初出）

微動だにしない人
――亡き母・高峰秀子に捧ぐ

斎藤明美

高峰が死んで八年と二か月が過ぎた。

たぶんその間、私はある種の〝遺跡発掘〟に似た作業をしてきたように思う。

河出書房新社から刊行された高峰の対談集はもちろん、随筆集『私のごひいき』『コーちゃんと真夜中のブランデー』『ダンナの骨壺』『ああ、くたびれた。』、そして本書。これらは全て、高峰の文章が様々な新聞や雑誌に掲載されたまま現在まで埋もれていた、つまり当時それらを読んだ人しか知らない、〝幻の随筆〟と言えるものばかりである。

随筆を一つ見つけては掘り出し、また見つけては掘り出し……。それらほぼ全てが私にとっても初読であり、出逢う前の高峰の息づかいに満ちていた。

読んでみて驚いた。新しい事実に驚いたのではない。むしろその逆。「高峰秀子とは、なんと変わらない人か」ということを発見して驚いたのだ。

十年一日という進歩のない変わらなさではなく、何があっても幾つになっても微動だにしない、高峰秀子の永久的な精神。

普通、人は変わるものだ。それも悪いほうへ。なぜなら、良いほうへ変わるのは難しいが、悪いほうへ変わるのは簡単だからだ。

体型と同じである。

あるスポーツ選手が言った、「肉体を維持するためには日々進歩していかなければいけないんです。一年前と同じように動ける肉体を保つには、同じ質と量の練習をしていてはダメです。なぜなら人間の肉体は日一日、着実に老いているからです」と。

アスリートでない普通の人は、そこまでする必要はないかもしれない。だが、道理は同じだ。この前までスムーズに歩けたのに、気が付くと何もない平坦な道で躓いて、時には転ぶ。そして体型はと言えば、女は着ぐるみを二枚も三枚も着こんだ状態になり、男はボッテリと腹が出る。こりゃ、大変。慌ててダイエットに励み、ジョギングをしたりするが、やがて挫折して、「私も昔はスマートだったのよ」「オレだって若い頃はカモシカのようだったんだ」などと詮無いことを口走り、結局は諦めて、贅肉の海に溺れていくのである。

体型は精神と無関係ではない、と私は思う。

高峰は女優として絶頂期だった三十歳で着たウェディングドレスが、七十歳を過ぎてピタリと入った人だ。

「緊張してたら太りません」

この一言だけで体型を維持した。

全く金がかかっていない。運動もしなかった。

ウソみたいな話だが本当だ。若い頃に比べると身長こそ少し低くなったが、ウェストは最期まできれいにくびれていた。私はしょっちゅう抱きしめていたから確かだ。

いつか高峰にこんな質問をしたことがある、

「かあちゃんは、自分が年をとったと思ったのは、いつ？」

即答した、

「今日できることを明日に延ばした時」

頭をブン殴られた気持ちがした。

「それは何歳の時？」

「七十四歳」

老いるとは、年齢が高くなることではなく、精神が鈍麻することなのだ。

即ち、デブるのは、精神が弛緩しているからである。もちろん病気による場合は別。

今日やるべきことを明日に残さず、きちんきちんと毎日、自分で食事を作り、食事時以外は一切食べ物を口にせず、食うように本を読み、規則正しい生活を送って……。これら私が目撃した高峰の日常は、緊張感なしにはあり得ない。己を甘やかさず、諦めず、気を張って、動くのが億劫だからと孫の手などでテレビのリモコンを引き寄せたり（私だよ）せず、どんな小さな動作にも神経が行き渡っていた、と見ていて私は感じた。だから夫の松山曰く「結婚して五十年、かあちゃんは皿一枚割ったことがないよ」。

本書を読んでいて、高峰の人を見る眼、物を見る眼、自分にとって何が大事か、人生をどんなふうに送りたいか、自分はどんな人間でありたいか……それら全ての姿勢と精神が、若い頃から死ぬまで、何一つ変わらなかった。

己の精神を維持していた。つまり努力によって進歩していたのである。

そこに貫かれていたのは、誰に見せるためでもない、誰に評価されたいのでもない、高峰自身が密かに心の底に打ち込んだ緊張感という杭、己を律する心が、微動だにせず存在し続けていたからではないか。

その結果として、体型が変わらなかった。体型の維持を目的としたのではない。

そしてまた遂に死ぬまで一度も腹が出なかった伴侶・松山善三と、歩を合せるように、親しき仲にも礼儀ありを忘れず、互いを慈しみ合いながら連れ添った。

もしも本書の中で、高峰に〝変化〟を見つけたとしたら、冒頭の章「エプロン」だけである。

この章で彼女はエプロンをおしゃれのセンスとして書いているが、出逢って二十余年、私は高峰がエプロンをした姿を一度も見たことがない。いつも足首まである長い部屋着のまま台所仕事をしていた。

だから、松山家に夕食に招んでもらうようになって一年近く経っていただろうか、私はふと気づいて訊いたことがある。

「かあちゃんはエプロンしないね？」

「うん」

高峰はこともなげに応えた。

「どうして？」

私は訊いた。

「だって、とうちゃんに呼ばれた時に、『ハイハイ』なんてエプロンで手を拭きながら行くのイヤだもん」

「ふーん。でも流しで菜っ葉を洗ったりなんかしてる時に水が飛び散ったり、しないの？」

「しません」

高峰は断言した。

事実、一度たりとも高峰の部屋着の前が濡れていることはなかった。袖口を肘までたくし上げ、時にはそこを輪ゴムで止めて、水仕事をしていただけだ。

できれば訊きたい。

「いつ頃から、なぜ、エプロンをするのをやめたの?」

このエプロン以外、私が知る高峰と〝違っている〟ものは何もなかった。

十代の時、「自分から女優というものをとってしまったら何もない、そんな人間にはなりたくないと思った」のと同じく、本書の三十二歳で応えた「豆スターは幸福だろうか?」の章で、

〈この仕事をやめちゃったらもうあとには何も残らないということだったら、大変なことだと思う。この仕事をやめても人間としてちゃんとふつうに生きていかれる心構えというものを、いつでも持ちたいと思っていたんですよ。〉

この言葉に象徴されるように、高峰秀子は己が良しとする精神を死ぬまで持ち続けたのである。

その意味で、本書をはじめとする私が発掘した〝遺跡〟群は、時代を超えた高峰の、い

や、もしかしたらあなたや私も、持ち続けられたら幸せかもしれない精神に満ちていて、今でも新しく、瑞々しい。

平成三十一年二月

文筆家／松山善三・高峰秀子養女

＊池田哲郎さんにお心当たりのある方、
ご一報願えると幸いです。――編集部

高峰秀子

（たかみね・ひでこ）

1924年、函館生まれ。女優、エッセイスト。五歳の時、松竹映画「母」で子役デビュー。以降、「カルメン故郷に帰る」「二十四の瞳」「浮雲」「名もなく貧しく美しく」など、300本を超える映画に出演。『わたしの渡世日記』（日本エッセイスト・クラブ賞受賞）『巴里ひとりある記』『まいまいつぶろ』『コットンが好き』『にんげん蚤の市』『瓶の中』『忍ばずの女』『いっぴきの虫』『つづりかた巴里』など著書多数。夫は脚本家で映画監督の松山善三。2009年、作家・斎藤明美を養女に。2010年死去。

類型的なものは好きじゃないんですよ

二〇一九年 三 月二〇日 初版印刷
二〇一九年 三 月三〇日 初版発行

著　者——高峰秀子
発行者——小野寺優
発行所——株式会社河出書房新社
〒一五一-〇〇五一
東京都渋谷区千駄ヶ谷二-三二-二
電　話——〇三-三四〇四-一二〇一［営業］
〇三-三四〇四-八六一一［編集］
http://www.kawade.co.jp/
組　版——有限会社マーリンクレイン
印　刷——株式会社亨有堂印刷所
製　本——小高製本工業株式会社

ISBN978-4-309-02787-6
Printed in Japan

高峰秀子・著

あぁ、くたびれた。

単行本未収録エッセイ集成。
20代から最晩年までの文章を網羅。
恩師の話、ファッションの話、
女優について、成瀬監督の思い出、
志賀直哉への手紙……等など、
暮らしと生き方への本音を綴る。

河出書房新社

高峰秀子・著

コーちゃんと真夜中のブランデー

「二人はまた会えるかもしれないね」
心友・越路吹雪の思い出から、
ファンレターの少年への
切なさまで――。高峰秀子の、
人間への限りない愛情が溢れ出る。
単行本未収録エッセイ集。

河出書房新社

高峰秀子・著

ダンナの骨壺

幻の随筆集

大女優、名文家、そして人生の達人。
高峰秀子が22歳から79歳まで綴った、
衣・食・住やらなにやら、
もりだくさんな内容のエッセイ集。
この一冊で、高峰秀子の本質がわかる。
すべて単行本未収録です。